# 怪談狩り

## あの子はだあれ？



中山市朗

角川ホラー文庫
21776

目次

# 花嫁

Sさんという男性が「これは、親父から聞いた話なんですけどね」と聞かせてくれた話である。

戦前の話だという。

Sさんの父は当時六、七歳。実家は農家で、茨城県Y村に家族八人で暮らしていた。

ある日、町へ出かけていたおじいさんが、夕方になって帰って来たらしく、「お客さんだよ」と家族を呼ぶ声がした。

こんな寒村に、お客さんとは珍しい。

子供だったSさんの父は、兄弟といっしょに「わあ、お客さんだ」と声を上げて喜び、土間を下りて玄関の戸を開けた。

馬を連れたおじいさんがいた。

「おおっ、ただいま」

おじいさんはそう言って笑っているが、お客さんがいない。

「お客さんは？」と聞くと、「これだ」と馬を指さした。

見ると、馬の背中に、縄でぐるぐる巻きに縛りつけられた一匹の狐がいる。

「この狐、どうしたの？」

「それがな」


町で用事を済ませ、馬を引いて帰り路についた。

しばらく歩くと、村へ通じる一本道となる。

そこに、一人の若い女性が立っていたというのである。

おじいさんによれば、ふるいつきたくなるような美人。ところがその姿というのが、文金高島田《ぶんきんたかしまだ》に花嫁衣裳《いしょう》なのだ。

(これは妙だ)といぶかりながら、声をかけてみた。すると女は、

「私は今日、この先にありますY村に嫁ぐことになっている者です」と言う。

やはりおかしい。

村で婚礼となると、これは一大イベントである。なのに、そんな話は聞いたことがない。それに、それまで大人しかった馬が、女を見てしきりに嘶《いな》いている。こういった嘶きは、仲間を呼んだり、メスにアピールする時だが、これは不安や恐怖の感情から来ていると思った。

（そういうことか）と察知した。

おじいさんは、「それはよかった」と女にやさしく話しかけた。

「わしも、Y村の者でな、今帰るとこなんじゃ。よろしかったら、これ裸馬だけれど乗っていきなさい」

そういうと、女は馬の背に乗ろうとした。そのスキを見てぐるぐるに縛ったのが、この狐だったという。

おじいさんは、家族にその縛られた狐を見せると「もう悪さをするんじゃないぞ」と話しかけた。縄を解《ほど》くと、狐は山に帰っていったという。

# 来客

Hさんは、今六十代。彼が二十一、二歳の頃の話だという。

家族親族がみな集まって、茨城県のS村に住むおばあさんの家に、日帰りで行った。

この人は、幕末か明治初期に建てられた古い屋敷に独り暮らし。本家筋にあたる人で、みんなは「ばば様」と呼んでいたという。

屋敷の玄関の引き戸を開けると、広い土間。上がり框《がまち》を上がると囲炉裏のある板の間になっていて、十二、三人は座れる広さがある。その奥に障子があり、座敷になっている。

ばば様は、いつも囲炉裏の前に座っている印象があるが、八十歳半ばを超えてもなお、かくしゃくとしている。

お昼前で、台所では母や親せきのおばさんたちが、食事の用意をしていた。

ばば様はカツオが好きなので、誰かがカツオを捌《さば》いていた。

「これはお刺身にして、残ったアラは味噌汁《みそしる》にしようかしら」

そんな会話が、ばば様に聞こえたらしく、

「あのな、カツオはどこも捨てるな。頭も何もかもブツ切りにして、鍋《なべ》に入れて煮てくれ」と言う。

「ばば様、どうしたの。出汁《だし》でもとるの？」

台所にいた女性陣が聞く。

「いやな、あんたらは今日帰るけどな、いつも夜中にお客が訪ねてくるから、食べさせてやるんじゃ」

夜中にお客さん？

こんな田舎に、一体誰が？

八十歳半ばを過ぎたおばあさんに、何の用事が？

「誰が来るの？」

「キツネじゃ」

「え？」

聞くと、キツネは毎晩のように訪ねてくるという。それは同じ一匹のキツネだそうだ。

そういえば、とHさんは思い出した。

この屋敷の裏には、小高い山がある。子供の頃その山に入ってみたら、ある場所に穴がいくつもあって、その入り口に鳥の羽や骨が散らばっていた。キツネの巣だ、と思ったことがあったのだ。

同時に「お前、穴を覗《のぞ》くのはいいが、絶対に悪さをするなよ。すると、仕返しされるからな」と、ばば様に言われたことも思い出した。

「キツネがどうやって訪ねてくるの？」

　誰かがそう聞いた。

「人と同じじゃ。そこの引き戸を、とんとんとん、と三度叩《たた》くと、スラリと開けて、キツネがのそっと入ってくる。それで土間を渡って囲炉裏端に、ちょこんと三角座りしよる。時にはあぐらをかいたりしてな。冬なんかは、そこに座って火の入った囲炉裏に、前足をかざしよる。人が手をかざすようにな。それで火の上で揉《も》み手のような仕草もする。そして食べ物を食べると帰っていくんじゃ」

　みんなその話を、ぽかーんとして聞いている。

「いや、嘘じゃありゃせんで。ほんとうのことだで。ただしな、キツネは戸の開け方は知ってても、閉め方を知らん。いっつも開けっ放しのまま帰りよる。人を騙《だま》すというわりには、あんまり賢こないな」

　ばば様は九十歳近くまで生き、大往生をしたという。

# 一休さん

保険会社に勤めているE子さんは、ある企業のサービス・ステーションの担当をしている。ガソリン・スタンドのことである。

こちらは、保険金を払う側。あまりに支払いが多い時には、事故防止のための取り組みを双方協力し合って考えるのも仕事である。

埼玉県のあるガソリン・スタンドで、いろいろ問題が起こっているというので、事故報告書を精査していた。すると、一休さんが出る、という記載が何件かあった。

読んでも要領を得ない。

「これ、なんですか？」と担当するガソリン・スタンドのマネージャーに聞いてみた。

「それがね」とこんな話が出た。

ある日、お客さんからクレームが来たという。

「お宅の軽油スタンドのところに、いつも一休さんみたいなのが座っているけど、どうなっているんだ。あれ、邪魔になるから入らないようにしてくれ。あれがほんとうの子供だったら危ないし」

それが一件だけではない。数件あった。

当のマネージャーがその報告を受けて本部に連絡する。

「なんだ？　一休さんて」

「はあ、ちょっとよくわからない苦情ですけど調べてみます」

従業員を集めてこんな苦情があるんだけど、と説明した。すると、ほとんどの従業員が、それを見たことがある、と手を挙げた。

「えっ、みんな知っていたのか？」

「一休さんかどうかはわかりませんが、寺の小坊主みたいな恰好《かっこう》をした子供のようなものが、たまに軽油スタンドのところに座っています」

「必ずそれは、従業員に背を向けています」などと言っている。

「一体、それはなんなんだ？」

「わかりません。近づこうとすると、どこかへ姿をくらますんです」

「何をしているのか、わかる？」

「それがねえ、ノズルを手に取って、その先をぺろぺろ舐《な》めているんです」

そっと近づいたという従業員がいた。彼女によると、その寺の小坊主のようなものは、「味がない、味がない」とつぶやいていたという。

それって何なんだ？

そしてなぜ、もっと早く報告しなかったんだ？

「だって、寺の小坊主みたいなのがノズルをもってぺろぺろ舐めながら、味がないって言っている、そんなこと言って信じてもらえますか？」

「じゃ、お客さんからの苦情は本当だったんだな」

マネージャーは、居残ってその報告を確認したらしい。

それが出現する時間は夜とわかった。

居残っていると、出たのだ。

軽油スタンドの脇に、いつの間にやら後ろ姿の寺の小坊主のようなものが出現している。そっと近づいてみた。

足に藁草履《わらぞうり》、ノズルを持ってその先をぺろぺろ舐めている。そして、確かに何かをつぶやいていた。

「アジナシ、アジナシ」と言っている。と、こちらの気配を察したのか、サッとそれは姿を消した。

「『アジナシ、アジナシ』と言っていたんですね」

E子さんはちょっとそこが気になった。

彼女は大学で、古文の研究をやっていた。アジナシとは、不味《まず》い、という意味であろう。

「その一休さん、今も出ますか？」

担当マネージャーに聞いてみた。

「今も出ます。追っ払うと一旦《いったん》いなくなるんですが、いつの間にか戻ってきていてノズルを舐めています。どうしようもないんで、そのままにしていますが、気持ち悪いと言って辞めていくアルバイトも増えてきましてねえ。困ってはいるんです」

「わかりました。事故対策として何とかします。アジナシ、アジナシと言っているんですね。そしたらですね。軽油スタンドの前に食用油を置いてください。昔ながらのナタネ油とかがいいと思います。そして、しばらく様子を見てみてください」とE子さんは提案した。

するとその後、一休さんは出なくなったと報告があった。

E子さんは「なんだかあの正体は、アブラナメ小僧じゃないかって思ったんですよ。だとしたら、石油系の味は、さすがに不味かろうと思ったんです」と笑った。

# 三叉路《さんさろ》にいるモノ

これは、愛知県のある緑地公園でのこと。

Gさんというタクシー運転手が数年前に見た、という話である。

夜中の二時、一人の男性客を乗せた。

やがて、公園の三叉路に差し掛かった。

今はそこに高層マンションが何棟も建っているが、当時はまだ区画整理をしているところで、あちこちに空き地があった。その三叉路の周辺も空き地が広がっていて、草が生い茂っている。もちろん人気もなく、あたりは真っ暗だ。

と、三叉路のY字の角のところに、女の子が両膝《りょうひざ》を抱えて座っているのが見える。黒いワンピース、長い黒髪をだらりと前に垂らしていて顔は見えない。

一目見て、ゾッとした。

後部座席から「あんなところに、女の子いるね。こんな時間になんだろうね。運転手さん、見えているよね」とお客さんが話しかけてきた。

「ええ、見えます。いますよね」

その三叉路を右へ行け、と言われていたので右にハンドルを切った。

ちょっと気になって、女の子を見る。

えっ。

心臓が飛び出しそうになった。

車は女の子の右を走っているので、そうなると女の子の横向きの姿が見えるはずだ。

だが、さっきと同じ、正面を向いているのだ。

お客さんもそれに気づいたようで「運転手さん、その先、迂回《うかい》できるから、もう一ぺん行って見てくれないか」と言う。その通り迂回した。

あの三叉路の左の道に来た。

女の子はまだいる。

こちらに後ろ姿を見せているはずの女の子が、やはり正面を向いて座っている。車ははしっているので、その姿はそれに従って変化するはずが、ずっと正面の姿なのだ。

あれは、この世のモノじゃない……、そう思った瞬間。

「運転手さん、もういいから早く行ってくれ」とお客さんが叫んだ。

もう一度、三叉路を右に行って、お客さんを家まで送った。

Gさんは言う。

「困ったのが帰り道ですよ。そこを通らないと帰れない。でも怖くて怖くて通れない。だからお客さんに頼んで、お客さんの家の前に朝まで停まらせてもらったんです。さすがに朝通ると、女の子はいませんでした」

# 拉致《らち》された？

十四、五年ほど前の夏のこと。
当時二十歳であったY江さんは、家族五人で車に乗り込み、生駒《いこま》山へ出かけた。

生駒山は、大阪府と奈良県に南北に横たわっている山系である。

ペルセウス座流星群を見に行こうというのだ。

夜中の一時を過ぎた頃、生駒山のK池に到着した。あたりに人影はなく、夜空の見晴らしは最高で、近くにトイレもある。一家で夜空を見上げた。

すると、人の気配がした。

近くに道路が通っていて、その向こうに外灯が一本だけある。その明かりの下に、若い男が二人、彼らに羽交い絞めされた若い女の姿がある。

遠目に見ながら、一家は「何だろう、こんな時間に？」と不審に思う。

「肝試しでもしてるのかなあ」

「でも、女の子を羽交い絞めしてるよ」

そんな話をする。すると、男たちはその女を離すと、向こうへ行け、とばかり追い立てるポーズをとっている。若い女は、男たちを振り返り振り返りしながら、行っていいの？」みたいな仕草をしながら、闇の中へ消えた。

「逃げろ！」

その瞬間、二人はそう叫んで走り去ってしまった。やがて車のエンジン音がして、山を下ったようである。なんだか奇妙な光景だ。

そのままY江さんたちは空を見ていたが、さっきの女の子、どうしたんやろ、という心配が心の隅に残った。
三、四十分ほどして、闇の中からふらふらと若い女が姿を見せた。
「さっきの女の子や」

すると「すみません」と、向こうから声をかけてきた。

「私、男の人二人とここへ来たんですけど、男の人、どこ行ったか知りません？」という。

「さっきの男の子やったら、もう帰ったみたいやけど。四十分ほど前になるかなあ」と、Y江さんが対応した。

「あっ、そうなんですか。どうしよう。あのね、お財布と風呂《ふろ》おけを車の中に置いたままなんですよ」

「財布と風呂おけ？　どういうこと？」

聞くと、H市にある銭湯からの帰り、いきなり後ろから車が来ると、男二人が出てきて無理やり車に乗せられた。そしてここへ来たという。H市はY江さん一家が住む町だし、その銭湯のことも知っている。

「で、ここ、どこですか？」と聞かれ「ここは生駒山の……」と説明をしたが、これはおかしい。

その女の子をよく見ると、確かに風呂帰りとみられる白いTシャツに短パン、サンダル履きだ。胸はノーブラ。こんな恰好《かっこう》で真夜中の山の中に一人ということは妙だし、まして や話が本当であるなら、拉致か誘拐をされたということになる。

「おい、警察呼べ」と、話を聞いていたお父さんがいう。

携帯電話を開くと、さっそくY江さんが警察を呼んだ。すると、

「ああ、その案件でしたら奈良県警が行きます」と返答された。

「奈良県警が来るって」

「えっ、ここ、大阪府やないか」

ともかく、若い女の子を一家で迎え入れ、警察が来るまで話をした。その女の子から聞かされたのが、いつも行くというプールのことやアイドルの話。ところがその話にも違和感を覚えた。

そのプールは、もう何年も前に閉鎖されているし、話題に出るアイドルも、八〇年代に活躍した子ばかりなのだ。

「お腹、すいてない？」

お母さんが、おにぎりを差し出した。

「これ、振りかけたらおいしいよ」とY江さんは、袋入りののりたまを手渡した。

「わあ、のりたまや。のりたまってこんな袋なんや。はじめて見た」と言いながら、おいしそうに頬ばっている。

やがて、奈良県警のパトカーがやって来た。

中から二人の警官が出てきたが、こっちを見て「わっ、やっぱりか」という声が聞こえた。そしていかにもめんどくさそうにこっちへ歩いてくる。

「おい、なんだ、その態度は！」

お父さんが思わず怒鳴った。

「すみませんねえ、夏場、こういう輩《やから》が多いんですよ」

「おたくら、何しにこんなとこに来はったんですか？」

二人の警官はそんなことを言ってくる。

「ここ、星空がよく見えるので、ペルセウス座流星群を一家で見に来ているんですよ」

と、高校の天文部に所属している弟が対応する。

「そうですか。まあ、このあたり治安が悪いんでね、気をつけてくださいね。じゃあ、この子連れていきますね」と、女の子に一緒に来るように促した。

お父さんがそれを心配そうに見ている。

「この子は、私の娘と変わらないくらいの年の女の子だし、あとあとの事も心配や。すまんけど、後でこの子どうなったのか、教えてもらえんかな」と自分の名刺を差し出し、警官の名前と階級、部署、電話番号を聞き出そうとした。警官は「おっ、なんや」という表情を見せたが、しぶしぶ教えてくれ、女の子を乗せたパトカーは走り去ったのである。

それから二、三日たったが、奈良県警から連絡はない。

「どうなってんのや」

お父さんは痺《しび》れを切らして警察に問い合わせた。

名前を聞いた警官が電話口に出たが、こんな会話がなされたという。

「生駒山の女の子の件、どうなったんや。職務中で忙しいやろうけど、話聞かせてくれるという約束やろ」

「えーっ、その件なんですが、ちょっと言いにくいことでして」

「どういうことや？」

「実は、あの女の子というのが、毎年夏になると、男たちに拉致されたといってあのあたりに出没するんです。で、通報を受けてあの女の子をパトカーに乗せて署に向かうんですけど、必ず途中で消えるんです」

「消える？　消えるってどういうことや。それは職務の怠慢やろ」

当然であるが、お父さんは、女の子が隙を見てパトカーから逃げ出していなくなる、と解釈したのだ。

「違うんです。忽然《こつぜん》と消えるんです。この時季になると、何回も同じような通報がありまして、その都度、事情聴取をして女の子をパトカーに乗せて署に向かうんですが、どこの警官が行っても、必ず署に着く前に、女の子はパトカーの中で、忽然と姿を消すんです。

だから、これ以上私も、お話しすることはできません」

そういって、電話を切られたという。

「消える？　どういうこと？」

その話を聞いてY江さんは「それ、幽霊と違う？」と思ったという。

「でもね」とY江さんはいう。

「その子は見たところはほんとに普通の女の子でした。会話も成り立っていたし、おにぎりもおいしそうに食べていたし。そう、のりたまを手渡したとき、手にぬくもりもあったんです。だからあの子は、生きていたって確実に言えます。幽霊とは思えない。ただね、その子が話す内容が、どうも十年、二十年前の流行だったり、今はないものだったり、違和感があったことも事実です」

何年かして、男友達と飲みに行ったとき、その話をしてみたという。

すると男友達は、「ちょっと待て。それって生駒山の公衆トイレのある池とちがうか。幽霊が出るって噂やで」と、その話を遮った。

「えっ、知ってるの？　で、幽霊、出るの、あそこ？」

「実はな、俺、去年の夏、ナイトウォッチングをやろうと、連れと一緒に生駒山に登ったんや。見晴らしがええとこ見つけて。それがその池のほとりやった。そして星空を眺めとったら、そこに若い女の子が現れて『拉致された』とか言うてきたんや。軽装だしノーブラで、こら危険やとすぐ警察を呼んだんや。パトカーが来るまで、まあ、怖かったやろうけど、落ち着きや、今警察呼んだからなって、励ましたんや。そしたら警察が来て、女の子を連れて行った。後で聞いたらその女の子の目撃はよくあるって聞いて、幽霊違うかって話や」

「それって、うちらと同じやわ」と、Y江さんはここで、なんだかあの女の子に違和感をもっていたことに納得がいったのだという。

「ところであの女の子、パトカーに乗る前に妙な事言いよったの、覚えてるわ。なんか『おにぎりおいしかったです』って。なんやろな」

　そう言われて、はじめてゾッとしたのだ。

# 二十二階の男

ＯＬをしているＫ子さんが、同僚Ａさんと、その奥さんから聞かされた話だという。

Ａさん一家は、その頃、東京のベイエリアにある高層マンションの二十二階に住んでいたという。

奥さんと小学一年生となった娘さんとの三人暮らし。奥さんは専業主婦だそうだ。

ある日、奥さんが一人で夕食の支度をしていた時の事。

コンコン、コンコシ、と、窓をノックする音がする。

はて、と、周りを見る。

キッチンの横に、壁に固定された開閉できない窓がある。カーテンがかかっていて窓は見えないが、どうやらそこから聞こえている。

コンコン。コンコン。

まただ。気のせいではない。それでも無視を決め込んだ。

コンコン。コンコン。

もしかしたら、鳥でも飛んできて、いたずらでもしているのかしら。

手を休めて窓に近づいた。そして、カーテンをサッと開けてみた。

中年の男がいた。

両手を窓ガラスに張り付けた状態で、こっちを見ている。

あまりのことに、奥さんはすべてがフリーズしたという。

すると男は、ニタッと笑って、「うわぁぁぁぁぁ」と声を上げて落ちていった。

はっと、現実に戻る。

えっえっ、今のなに？　男の人が落ちていったよね。えっ、ここ、二十二階よ。絶対に助からないよ。これって、事件？　自殺？

どうしていいのかわからない。とりあえず管理人に電話をしてみた。

「今、下に男の人が落ちたみたいなので、見に行ってください。で、私はどうしたらいいんですか？　警察？　救急車？　どっちが先ですか？」

「奥さん、おちついてください。どのあたりですか？　とりあえず見てきますから、奥さんはそこにいて、何もしないで待っていてください」と言われた。

奥さんがガタガタと震えながら、部屋で待っていると、五分ほどしてインターホンが鳴った。管理人だった。

「どうでした？」

「それがねえ奥さん。何もなかったんですけど、なにを見られたんですか？」

見たことをそのまま話した。

「もう、わけがわからないんです。私、どうしたら……」

「その窓ということは、やっぱり北側ですね。いえね、一応周りを確認したんですけど人が落ちたという形跡はなかったんですよ。しかも、二十二階からでしょ？　それが本当なら、大きな音がして、凄《すご》いことになっているはずですし、誰かが気づくはずですよ」

「でも、確かに見たんです」

「じゃあ、一緒に来てもらえますか」

管理人とマンションを一周した。確かに人が落ちた形跡などない。

管理人には謝罪して「私、ちょっと疲れてるみたいなので、すみません」と部屋に戻った。


数日後、また同じことが起こった。

同じ窓からカーテン越しに、ノック音がする。

何度も何度も繰り返されるので、様子を見た。

また、ガラス窓に中年の男が張り付いていて、ニタッと笑うと「うわぁぁぁぁぁ」と落ちていく。これが、毎日ではないが、時々ある。

もう耐えられない。

「あなた、引っ越しましょう」

その時、Aさんはその話をはじめて聞かされたという。

しかし、そんな話、にわかに信じられるものでもない。

「それになあ、ここに住むということで、会社から補助金も出ているんだ。そんな簡単に引っ越せないよ」

そう答えるしかなかった。

ところが運よく、数週間後に異動辞令が出た。福岡に転勤。

奥さんはほっとした。このマンションとはお別れだ。もう、あの男を見ることはない。

福岡での新居は、八階建てマンションの八階。

その新生活もやっと慣れてきた頃。

娘が小学校から帰ってきて、夕食の支度をはじめた。すると。

コンコン、コンコン、と窓をノックする音がした。

たちまち東京での悪夢が蘇《よみがえ》った。もう、窓の外は見たくない。

しかし、ノック音は止まない。

まさか、とは思う。

おそるおそる、窓に近づき、仕切りのカーテンを開けた。

あの男がいた。

そしてまた、ニタッと笑うと「うわぁぁぁぁぁ」と落ちていった。

あの男は、東京のマンションにいたんじゃない。私に取り憑《つ》いているんだ！

そう思うと、もういてもたってもいられない。

帰って来たAさんに「またあの男がいたよ。下に落ちていったよ。私もう怖くて怖くて」と涙ながらに訴えた。しかし、やっぱり信じられない。

「お前、疲れてるんだよ。明日《あした》、一緒に病院へ行こうか。俺も仕事、休みもらうから、な」

するど、娘が話の中に入って来た。

「パパ、それ、私も見たよ。ママがカーテン開けたら、窓に男の人が張り付いてて、ニタッと笑ったら、そのままどこかに消えちゃったよ」

「お前も見たのか……、じゃあそれ、ほんとにあった現象かもしれない」

そこからは、夫婦二人で真剣に話し合った。

「だったら」と、Aさんが提案した。

「平屋建ての家を探そう。平屋だったら出てこないんじゃないかな」

Aさんはパソコンを開き、携帯電話を手に取ると、懸命に福岡市内の平屋建て物件をあたりだした。そして、知り合いを通じて、一軒の古い賃貸物件を見つけ、そこに引っ越した。それからは、その男は現れなくなったという。

この話を聞いていたK子さんは、Aさんにこう質問した。

「なんで平屋建ての一軒家でなきゃダメだったのかしら。別にマンションの一階でも、二階建ての家でも、同じように出てこないんじゃないですか？」

するとAさんはこう言った。

「私もそう思ったんですけどね。でも考えてみてください。マンションの一階に住んだとして、今度は下に落ちるんじゃなくて、上から覗《のぞ》かれるような気がしたんです。あの男は高さのある建物だったら、どこにでも出るんですよ。なんか、そんな感じがしたものでね」

## メリー・ポピンズ

E子さんは仕事柄、マスコミ関係者と話すことが多いという。

ある放送局の技術担当者から、「ときどき、どう考えても意味の分からないものが映りこむことがあるんだよ」と言われたことがあった。

それは、放送局の中継用カメラが県内のあちこちに設置してあるが、そのカメラに何かが映るらしい。

「例えばどんなものがあるんですか？」

「それがね」と話してくれたが、「本当ですか？」と疑わざるを得ない。

「ほんとほんと」と担当者は言い張る。

「それ、あります？」

「あるよ」

「見れます？」

「いやそれは、社外秘だから見せられない」という。

「じゃあ、信用できませんね」

「じゃあ、誰にも言わないというんだったら、こっそり見せてあげよう」と言われて、編集ルームに連れていかれた。

「それがね、ほんとに映っていたんでビックリしました」とE子さんは目を輝かせた。

場所は、愛知県の風光明媚《ふうこうめいび》な某岬。

カメラは岬と空、手前に海岸を捉《とら》えている。

話によると「男の人が傘をさして、ずっと空中に浮いているのをライブカメラが撮っている」というのだが、モニターには、太陽がさんさんと輝く岬の上空に、山高帽に黒いスーツを着た紳士が、こうもり傘をさしてふわふわと浮いているのが映っていたのだ。

それは風に乗っているかのように漂い、やがてフレームアウトした。

「たまにこれ、映ってるんだよね」と担当者は言う。

今どきの人ではないように思えた。そして思ったという。

「これって、メリー・ポピンズだ」

## お天気カメラ

ネットで天気予報を見る人は多いと思う。

T子さんは、天気予報を提供しているある会社のライブカメラが、ネットで見られることを知った。自分が住んでいるところの地域を登録すると、その地域の空模様が二十四時間見ることができるのだ。

実際には、ずっと動画を流しているというより、三十秒間に一枚の静止画像がパソコン上で見られるというものだ。

しかし、雲の動きがさまざまに変化し、気象が刻々変わっていくのがわかる。

それからは、暇があれば、ライブカメラの映し出す空模様を見るようになった。

それは二〇一一年、台風が多かった時季だという。

また台風が接近しているというので、スマホでそのライブ画面を見ていた。

そのライブカメラは、ビルの屋上に据えられていて、はるか向こうに生駒山が見えている。だが、その生駒山も霞《かす》み、やがて見えなくなり、風も強くなっていく。慣れ親しんだ建物や街の様子がいつもと違うように見えてくる。

やがて、雨粒が、ぽつ、ぽつ、とカメラのレンズに当たりだす。

風はもっと強くなり、カメラ自体も小刻みに揺れだした。

画面は、親指くらいのサイズ。目を凝らすと、わずかに生駒山の輪郭がわかる。

やがて夜となった。

台風は激しくなり、カメラの揺れも大きくなる。

すると、遥《はる》か生駒山のあたりから、白い点のようなものがやってきて、やがてそれがカメラのレンズに激突した。まるでそれは、熟れた果物がガラスに当たって、ベチャッと潰《つぶ》れたようになって、それが風雨によって流れた。

「えっ、なにこれ？」

画面を拡大するボタンを押した。

画面がスマホいっぱいに広がった。

今度はコマを戻せるボタンをクリックした。

さっきの映像が再生された。

白い点が、流れるようにカメラに近づいてくる。

その白い点は、どう見ても男の人だ。音声は聞こえないが、それはまるで、白い男が「わあーっ」とばかり空中を駆けてきて、お天気カメラに勢い余ってぶつかり、ベチャッと潰れて、ダーッと風雨で流された、そんな風に見える。

何度繰り返してみても、それは白い男だ。

（なんだろこれ。主人にも見せよう）

別室にいた夫の所へ行ってみた。

夫は「おう、台風や。明日は会社休みやな」とわくわくした様子で、テレビの台風情報を見ていた。

「ちょっと、これ見てよ」と、T子さんはスマホでさっきの画面を再生した。

「えっ、なにこれ？」

夫も驚いている。

もう一度見ようとしたら、途端にザーッと砂嵐の状態になった。

「今のなに、恐怖映像かなにかなん？」

「違う。お天気カメラやねん。ライブ映像」

「じゃ、パソコンで見てみよう」

ところがもう、画面は真っ黒になっていて、作動していないようだった。

結局あれがなんだったかは、わからないままだった。

後に、怪談仲間の集まりがあって、T子さんはその話を披露した。するとカメラに詳しいという人が、こんなことを言った。

「それはないわ。よく考えてみ。家やビルの屋上にあるカメラって、小さな監視カメラやで。せいぜいそのレンズの直径って、二、三センチや。それにベチャッと当たるって、どんな人やねん」

そう言われると、確かにおかしいことが起こっていた。

あの日の翌日、スマホでいつものように天気カメラを見ようとすると、調整中、と表示があり、カメラは作動していないようだった。しばらくして、カメラは復帰して、生駒山に向いた映像が昼間は送られてきていたが、夜になると、調整中、となってカメラは作動しない。

二ヶ月ほどすると、カメラの位置がくるりと回って、生駒山ではなく市内を映すようになった。今はもう、そのカメラはない。

別の場所から、空模様は送られている。

# オレンジ色

数年前、沖縄に住むU子さんが十九歳の時のこと。

夜中に母の悲鳴が聞こえた。

驚いて、寝室に行ってみた。

布団の上に座り込んだ母が、自分の両手を目の前に広げて、驚愕《きょうがく》の顔をしている。

「お母さん、どうしたの！」

その手のひらから、オレンジ色の液体がドクドクと出ている。

「なに、これ！」

慌ててティッシュ・ペーパーを取り出し、手を拭《ふ》いてあげるが、拭いても拭いても出てくる。

血ではない。血ならば、サビ臭くてドロドロとしているが、オレンジ色のそれは、サラサラとした質感で、匂いもない。

携帯電話を取り出した。

普通ならば医者を呼ぶところだが、そこは沖縄。

知り合いのユタを呼んだ。

やがてオレンジ色の液体も出なくなった。

「なんだったんだろ？」

手のひらに傷跡もないし、拭いたティッシュにもオレンジ色の液体は付着していないのだ。

ユタのおばさんが来た頃には、何の痕跡も残っていなかったので、いまだあのオレンジ色の液体が何だったのか、わからないままなのだそうだ。

# ごろごろ

K子さんが、九州のある温泉に、母と二人で湯治に行った。

その宿は、今どきの新しい湯治場といった建物で、女性好みのカフェなども併設されていた。

案内されて中へと入ると、どうも建物は古い木造の温泉宿だったものを、内部の雰囲気はそのまま残して、新しくリニューアルし、増改築をしたというような風情である。柱なども古く立派なものでありながら、ピカピカと黒光りをしている。食事をする広間には、囲炉裏もある。

だが、ちょっと気になることがあった。

この建物の前が空き地になっている。それがなんだか不自然に思えたのだ。

よく見ると、建物の基礎の跡がある。

ここの女将《おかみ》さんと、仲良くなって、いろいろ話を聞くことができた。

やっぱりこの旅館は、今の女将さんが古い温泉宿を買い取ったものだった。

「ところで女将さん。この建物の前に空き地がありますよね。建物の基礎があるから、何か建っていたんでしょ？　なんで潰したんですか？」

すると女将さんは「あーっ、ちょっとね。その建物、使えなかったんです」という。

「じゃあ、潰《つぶ》した建物の古材を使って、この建物を増築したんですね」

「いえ、木材ごと、全部廃棄しました」

これって、何かおかしい。

「なんかあったんですか？」

「うーん、あんまり大声では言えないんですが、不思議なことが起きる建物だったんでね」と、女将さんはここからは口を濁した。

元来、そういう話が好きなK子さんのこと。どんどん追及した。ついに女将さんも根負けをして、こんな話を聞かせてくれた。

「そこは、普通に宿泊棟になっていましてね、昔ながらの障子張りのお部屋を両側に並べた長い廊下があったんです。その廊下に、出たんです。真夜中になると、素っ裸の謎のおじいさんが現れて、廊下をごろごろ転がるんです。そして端まで転ぶといなくなる。そんなことが毎夜、続きましてね。それだけで何か害があるわけでもなかったんですが、やっぱりお客さんが気味悪がって。ですから壊したんです。で、解体して出た木材は、別のものに使用すると、また妙なものが出ても困ると思って、それで全部処分したんです。近くの神社で祈禱《きとう》を受けて、全部燃やしました」

## 錦児《ぎんじ》が通る

ある旧家に住む女性は「うちの家はね、一日《ついたち》になると、代々男の子はお漏らしするのよ」と言う。

「なんですか、それ？」と聞くと、

「みんながそう、ていうわけじゃないのよ。まあ、一日になると代わるがわる、お漏らしをするのよ。おかしな話ですけどね」と、こんな話を聞かされたのだ。

晦日《みそか》の夜、家族全員が寝静まった頃。

家の男の子たちも、ちゃんと布団に入って眠っている。

ところが、男の子のうちの一人が、必ず夜中、トイレに行きたくなって目覚めるのだ。

まず、尿意を覚える。起きて布団から出る。部屋の襖《ふすま》を開ける。そこは廊下。

廊下の向こうにトイレがある。

ところが、トイレが見当たらない。真っ暗な空間が目の前にある。

一歩踏み出して、ここ、どこ、とあたりを見回すが、もう真っ暗な空間の中にいる。

すると、背後から、男の子の声がする。

「ついたち〜、うつみつ〜、ぎんじが〜、とおる〜」

振り返ると、禿頭《はげあたま》の、まるで市松人形のような男の稚児《ちご》がいる。

「ついたち〜、うつみつ〜、ぎんじが〜、とおる〜」

わっと、男の子は逃げ出す。しかし、目の前は真っ暗で、何もない。

すると、背後からは延々と「ついたち〜、うつみつ〜、ぎんじが〜、とおる〜」と言いながら、稚児がひたすら滑るように追いかけてくるのだ。

男の子は怖くて怖くて、泣きながら逃げる。そしてもうダメかと思う。

すると、遥《はる》か向こうに明かりが見える。太陽の光があそこにある。あそこへ行けば助かる。そう思って必死に走る。そして明かりの中に入ると、もう朝になっていて、廊下に立っていることに気がつく。その瞬間、尿意がこみあげてきて、廊下でお漏らしをする、というのだ。

「不思議なことにね、十三歳になると、もう追いかけられることはなくなるんだけどね。でも、このうちに生まれた男の子は、必ず、この、ぎんじ、に追いかけられるのよ」と女性は言う。

ちなみに、ぎんじ、とは錦児という字であることは、なぜかわかっているが、それが一体何者なのかは、家族の全員がまったく知らないのだそうだ。

## てんてんぽ

この女性、「実はね、うちだけじゃなくて、分家にも妙なものが出るのよ」という。

「何が出るんですか？」と聞くと、「こいつはいいやつなんです」

ある分家の座敷から、時々、かさかさっ、かさかさっ、と音がしだすと、家の者が見に行く。襖を開けて中を覗《のぞ》くと、それがいるというのだ。

藁《わら》を編んで作ったような馬に乗った、やはり市松人形のような稚児姿の男の子が、

「てんてんぽ、てんてんぽ」

と言いながら、座敷を駆け巡っている。

家の者はそれを見ると、襖をピシャリと閉め、

「田んぼの堰《せき》を開けて来い」

と言う。

田んぼに溜《た》まっている水を流せという意味だそうだ。

なぜなら、その男の子が出た翌日は、天地をひっくり返したかのような大雨が必ず降るという昔からの言い伝えがあるからだ。そして、本当にそれは外れたことがない。

稲刈りが近い時季だと、家の者総出でその日のうちに稲刈りを済ませてしまう。だから、豪雨による被害はほとんどないらしい。

「分家にはいい者が出て、本家にはわけの分からない者が出るのよ。普通、逆じゃない？　まあ、そこが不思議なんだけどね」と、女性は笑った。

## 消える

四十代半ばのタクシーの運転手さんから聞いた話である。

高校時代、A君という友達がいた。そのA君からN君を紹介された。その時、

「こいつなあ、消えるねん」と言う。

「は？　消える？」

「うん、みんなの目の前で、パッと消えるねん」

「なにバカ言ってんの」

そんな話、信用できるはずがない。

ある日、また別の友人の家に遊びに行った。このとき、N君がいた。

トイレから出て、みんながいるリビングに入ろうとした時、

「わあああっ」

という叫び声がした。

「どうした？」

「Nのヤツどこ行った？」

「あいつ、消えた」

友人たちが狼狽《ろうばい》している。

「一緒にいたやん。帰ったのと違う？」

「いや違う。今、俺らの目の前で消えた」

さてはこいつら、俺のことをからかっているな、そう思ったが、友人たちがうろたえている姿を見ると、そうでもないようだ。とはいえ、人が消えるなんて。

と、隣の部屋から、ドサッと何かが落ちる音がした。

行ってみると、尻《しり》もちをついているN君がいた。

ぽかーんとした表情。

「N、お前、どこ行ってたんや」

「……わからん」

そんなことが、何度かあったという。

理由はわからないが、N君はよくみんなから、からかわれていた子で、それを我慢しているうちに、「う〜」と頭を抱えだす。すると、パッと消えるのだ。

数秒後には、別の場所でドサッと音がして、そこに現れる。

「運転手さんは、消える瞬間を見たことあるんですか」と聞いてみた。

「僕はないんですけど、その場にいて音がするのは聞きました。そこにN君がいるんです。わけわからんでしょ。さらに言うとね、彼ね、消えて別の部屋に現れる時、何かを手にもっているんですよ。傘とか箒《ほうき》とか。で、『それ、どうした』と聞いても本人は『わからん』て自覚がないんです。はっきりそのこと、覚えてます。はいお客さん、着きました」

# 死んだ!

今は医者をやっているFさんの若いころの体験談である。

北海道を、男四人でドライブをした。

広大な土地。一直線に伸びる道路。

信号もない。スピードがみるみる上がる。

すると、前方にトラックの後方が見えてきた。減速した。

のろのろと走るトラック。

追い越したい。

しかし、道は片側一車線。

このトラックを追い越すには、対向車線に出なくてはならない。だが、トラックがあまりに大きいので、出るに出られない。

とはいえ、さっきから対向車も滅多に通らない。

よし、と思い切って対向車線に出た。

途端に、
死んだ!

そう覚悟した。

目の前に大きなトラックが飛び込んできたのだ。

「わああ」と四人の悲鳴が上がった。

が、次の瞬間、何事もなかったように、直線の道路を走っている自分たちがいた。

トラックは？

いない。

ハンドルを切った覚えも、飛び込んできたトラックをよけたり、すれ違ったという記憶もない。

車中の四人はただただ茫然《ぼうぜん》としていて、声も出ない。というより、もう金縛りの状態。

しばらくして、路肩に車を停めた。

「さっき、死ぬかと思ったわ」

一人がぽつんと言った。

そのとたん、堰を切ったように「そうだったよな」「あれなんなんだよ」「何が起こったんだよ」とみんなが言いだした。

それまで各々、自分は夢でも見ていたのかと思っていたという。

# 餅つきばあさん

Oさんが、「僕の知り合いから聞いた話なんですけどね」と言う。

地方に住む、ある一家のことだという。

代々子宝に恵まれ、長寿の人が多い、古い家系の家だそうだ。

この一家は、毎年年末になると、お餅《もち》をつくという風習がある。

そのたびに、お手伝いに来るおばあさんがいるという。

田舎のこと。なんとものんびりとした話ではあるが、そのおばあさんが、どこの誰かは誰も知らないのだ。

しかし、おばあさんは必ずやってきて、餅つきを手伝ってくれる。そして「今年はこうした方がええ」とか「あんた、こういうことで悩んでるんやないか。そしたらな、こうしたらええわ」と必ず助言をくれるのだ。そして、言われたとおりにすると、必ずいい方向に行く。

また、予言じみたことも言うが、これも当たるのだ。

「跡取りの子ができますよ」と言われた翌年に長男が産まれ、長女の嫁入り先のことも全部あてた、ということがあったのだ。

手伝ってもらったおばあさんには、一泊していただく。そして、お礼としていくばくかの金銭も渡す。

だが、朝に起こしに行くと、もう姿は見えず、布団がたたんである。そして机の上に、封書が置いてある。それは昨夜渡したお礼のお金なのだ。

この家には、九十歳になるおばあさんがいる。介護施設に入っているが、介護されているのではなく、介護をしているという元気なおばあさんである。

よくわからないのは、このおばあさんが、

「あの人は、私の若いころからずっとうちに来ている」と言うのだ。そして、

「あの人は、我が家の守り神みたいな人でな」とも言う。

これが、同じ人なのか、似た別人なのかわからない。

だが、一家全員が思うのは、ずっと昔から、おばあさんの外見が変わっていないということなのだ。

ある時、家のお孫さんが、「あんた、昔この家にいた、モンザエモンさんに似て、ええ男やな」と言われた。

「モンザエモンて、誰？」

おじいさんに聞いたら、「えっ」と驚いた。

幕末に、門左衛門《もんざえもん》という人が、ほんとうにいたらしい。

ただ、写真があるはずもなく、どんな顔だったかは誰も知らない。似てええ男って、

あのおばあさんは、ご先祖さまの顔を知っているのだろうか？

この話をしてくれたOさんの知り合いが、去年の年末、そのおばあさんを見に行ったという。親戚《しんせき》筋にあたるので、餅つきに参加させてもらったという。例のおばあさんは、古い着物をキチンと着こなした、品のいいおばあさんだった。

このおばあさんに声をかけられたらしい。

「あんたのおばあさんの、チヨノさん。今極楽で幸せに生きてはるから、あんたも心配せんとまっすぐに生きなさいよ」と言われた。

自分のおばあさんが、チヨノという名であることなど、一言も言っていない。

さらに言われた。

「あんたを学生の頃、いじめてた、SとFとK……」

名前を言われて驚いた。彼は学生の頃、確かに彼らにひどいいじめをされていて、一時病院に通ったことがあったのだ。

「この子らは、死んだら地獄に落ちる。けどな、その時になんでこんなことになったんやろと、気がついた時に、極楽へ行けることになる。そやからあんたは、まっすぐにまっとうに生きるんやで」とも言われた。

ちゃんとお断りをして、このおばあさんを写真に撮ったが、途端にカメラが再生不能となった。何とかデータを取り出したが、おばあさんを写したデータは、一枚残らず消えていたのだという。

# 掛け声

主婦のT江さん。幼いころの家族は、父、母、祖父がどんなに身を粉にして働いても、生活は困窮していたという。それでもお正月だけは、ちゃんとお迎えする準備は怠らないようにと心がけていた。

だがある年末は、借金返済のためそれどころではなかった。

両親は大晦日《おおみそか》まで働き、お正月の準備もままならないまま、一家は床に就いた。

T江さんは、何かの気配に、ふっと目が覚めた。

男たちの声がある。

「はっ」「よっ」「はっ」「よっ」「はっ」「よっ」……。

(あっ、どこかで、誰かが餅をついてはる)

T江さんは、なんだかそう思った。

やがて、「はい」「よっ」「はい」「よっ」という掛け声の間に、ペッタン、ペッタンという音も聞こえだした。

その音を聞いていると、なんだか楽しくなってきた。

(お餅、誰がついてはるのやろ。うちもお餅、食べられるんやろか)

頭の中は、豆の入ったお餅、きなこ餅、大根餅と、おいしそうなお餅で一杯になった。

すると、餅をつく音と掛け声が、だんだん近づいてきて、やがて一家が寝ているこの部屋に入って来た。

誰もいない。声と音だけがはっきりと聞こえる。また、こんなに騒がしいのに、家族の誰も起きない。幼な心に不思議だなとは思ったが、それより楽しくってしょうがない。


と、その掛け声とお餅をつく音が、突然ぴたりと止んだ。

時計を見ると、日付が変わってお正月になった時だった。

その年、父が新たにやり始めた事業があたって、T江さん一家の経済状況は一気に好転した。そして、長年やっていて何ともならなかった母と祖父の商売も、収入がぐんと増えた。


それから十数年して祖母が亡くなった。

亡くなる直前、T江さんは祖母からこんな話を聞かされた。

「あんた、昔、大晦《おおつごもり》の夜、餅つきの音、聞いたやろ」

記憶が蘇《よみがえ》った。

「おばあちゃんも聞いてたん？」

「あの音はな、福の神が来た音や。一生に一回、聞けるか聞かれへんかというもんや。

もし、あんたがもう一回聞くことがあったら、きっとまた、ええことが起きるで」

これが祖母の最期の言葉だった。

その後、T江さんは結婚して実家を出た。


実家の近所にお金持ちの家があった。

複数の会社を経営していて、家の構えも立派でかなり大きい。

数年前、久しぶりに実家に帰るとその立派だった家が、なんだかみすぼらしくなっていた。広かった敷地も売ったのだろうか、小さくなっている。その家の娘さんとは年も近かったのでよく遊んだ記憶がある。ちょっと顔出しにと行ってみた。

すると、そこの奥さんが寝たきりの状態になっていた。

「あら、T江さん、お久しぶりね」

彼女は笑顔で迎えてくれたが、ひどく衰弱しているようだった。

「どうされたんですか」

「最近、身体の調子が悪うてな」

娘さんはと聞くと、今、新興宗教の活動に熱心で、なかなか帰ってこないという。そして話をしているうちに、奥さんはこんなことを言いだした。

「うちもちょっと前までは、立派な家やったんやけどな。いつからか家鳴りがしだしてな。古い家やったから、まあ、そんなこともあるかなと思ってたんやけど。それがどんどんひどなってきて……。それでな、あれは三年前の大晦日やったんやろか。何かどんどんたたく音がしてな、それが『はい』『しょ』『はい』『しょ』と言ってるような、男の声、みたいなもんが聞こえてきたんや。どうやら、餅《もち》つきの音みたいでな。けど、誰もおらへん。音は確かにしてるんや。主人も一緒に聞いていたしな。そやけどあんまり騒がしいんで『うるさい、出ていけ！』って、うちの主人が叫んでな。そしたらピタッと音も止んで。なんやったんやろな、あれ。というのもな、それからやねん。急にうちの会社、軒並み景気が悪化して、不渡りもつかまされた。ここもあと半年したら、出ていかなあかんねん……」

あっと思った。

それ、私も聞いた。

おばあちゃんが言うてた福の神や。

ほんまに福の神っておるんや。でも、気をつけんとこんなことになるんや。

ゾッとしたという。

# タヌキの里

都内のあるバーのマスターMさんが「何年か前のことなんですけどね」と話してくれた。

仲間内十人ほどで、秋田県の某キャンプ場に遊びに行った。

バンガローを借りて、昼間はバーベキューを楽しんだ。夜はオールナイトで朝まで飲もうということだったという。

バーベキューも食べ終えて、ビールを飲みながら、のんびりと会話を楽しんだ。

彼はトイレに行きたくなって、バンガローの中のトイレに入った。

すると「Mさあん、Mさあん」と、自分を呼ぶ声がした。それは仲間内のA美さんの声で、ちょっと酔っぱらって外国人風のアクセントで呼んでいる。

「ごめん、今、トイレだわ」

そう声を上げると「なんだあ、トイレかあ」と言って、A美さんは出ていった。

用を終えてバーベキュー場へ戻ると、仲間たちが集まって語らっている。

「で、なんか用?」

そうA美さんに声をかけると、A美さんも周囲の仲間も「なに、なに、なんの話?」

と言いだした。

「いやいや、今A美がさ、バンガローに入ってきて、トイレに入ってる俺の名前呼んだじゃん」

「はあ？　行ってないよ」とA美さんが声を上げる。

「嘘だよ。A美だったよ」

「いや、彼女、ずっとここにいたよ」と仲間たちは言う。

「まただあ」

当然、Mさんはみんなで自分のことを担いだんだと思った。しかし、きょとんとしている仲間たちを見ると、そうでもないようだ。

「寒っ、バンガローに入ろうか」

日も暮れだし、肌寒くなってきた。みんなバンガローの中へと入った。

「私、主人が待っているし、朝も早いので」とN子さんが荷造りをしだした。

「じゃあね」

そう言って、N子さんは一人、車で暗い山道を帰っていった。

一時間ほどして、Mさんのもとに、N子さんからメールが来た。

〈今、家に着きました。私、忘れ物した？　Kさんにごめんって言っといて〉

「なんのこと？」

Kさんに聞いても「さあ？」と首をひねっている。

電話をしてみた。

「ねえ、このメール、なに？」

N子さんは言う。

駐車場の車に乗り込んで出ようとした。すると、「忘れもんだよ」というKさんの声が背後からした。何度も呼ばれたが、なぜかその声を無視して車を出した。「忘れ物だってば」という声を後にして山道を下りたが、ずっと気にはなっていた。

「だから、Kさんに謝っといて」とメールをしたのだという。

「知らないよ、俺」

確かにKさんは、ずっと一緒にバンガローにいた。

「ほらほら、さっきA美がトイレの中の俺を呼んだのと、同じじゃん。ここ、なにかあるよ」

「ほんとだ、なんだろね、これ」

しばらくはそんな話で盛り上がった。

そのまままみんなは飲み続け、朝方になった。

飲み疲れ、寝ている者もいれば、黙って飲み続けている者もいる。

もう、会話もない。

後輩のG君がトイレに入った。

そのG君が、トイレから出てくるなり「ねえねえ、今、何を話して盛り上がってたんですか」と言ってくる。

「はあ？」

誰も、一言も発していない。しーんとしている。

「お前、何言ってんの？」

「いやいや、盛り上がってたじゃないですか。Mさんなんて、大爆笑してたの聞こえてましたよ……、えっ、あーっ……」

そんなG君の様子を見て、他の仲間たちも、「実は俺も、さっきトイレに入ったら、聞こえたんだけどね」「私も……」

何人かが同じ体験をしていたことが分かった。

面白いのは、いずれも、誰の声で、何を言っているのかがはっきりわかっていることだった。

「やっぱそんな不思議なことって、あるんだ」

ちなみにそのバンガローのあるキャンプ場は、ぽんぽこ山バンガローというらしい。

ある日、Mさんはお客さんにこの話をしたという。すると、

「えっえっ」とお客さんは驚き「ひょっとしてそれって」とそのキャンプ場の名前が出た。

「お客さん、知っているんですか？」

その人も昨年、そのキャンプ場のバンガローを借りて、十人ほどで一泊したらしい。

ところが、バーベキューを楽しんだり、バンガローに入って雑談したりしていると、いきなり友人に「えっ何？ 呼んだ？」と言われる。「呼んでないけど」と答えると「いやいや、今、俺のこと呼んだじゃん」と言われ、今度は本人がとなりの友人に名前を呼ばれ「えっ何？」と聞くと「呼んでないけど」と言われた。

全員がそんな体験をしたのだという。

## 信楽《しがらき》の鹿

滋賀県の信楽というとタヌキの陶器が有名である。

ある夏、役者のEさんが信楽に行った。

ぶらぶらと歩いていると、確かにそういうタヌキの置物とか、たぬき村といったタヌキに関するものが多い。そうなると、このあたりに本物のタヌキがいるのだろうかと、気になってきた。

すると、田んぼのあぜ道で草むしりをしているお婆さんを見つけた。

「お婆さん、タヌキ、どこ？」

見知らぬ男に声を掛けられ、お婆さんは訝《いぶか》し気な顔で、Eさんを見た。

「ねえ、タヌキっていてるの？　本物のタヌキ」

なおもEさんが、人懐こく聞いてみると、お婆さんはニコリと笑って、

「タヌキはこの時季、おらんわ」

と言う。

話を聞くと、タヌキは夏の間は姿を見せないが、秋になると出没するらしい。なんで

も夏は山に食べ物がたくさんあるが、冬眠に入る前には山を下りてきて、柿の実などを食べるらしい。

「それよりな、鹿が出るよ」とお婆さんが言う。

「えっ、鹿が出るの？」

「出るで。大きいで、鹿。この前も道で、車に轢《ひ》かれて死んどったん、見たわ。あれも大きかったで。あっ、そういうたらな、この前こんなことあったわ」と、これはそのお婆さんから聞かされたという話である。


このあたりの畑には針金や糸が張ってあるという。そういえば、Eさんもそんな畑を随分見ていた。それは、山から下りてきた動物たちが畑に入ってこないようにする、罠《わな》であるという。もしここに入ると、脚に針金や糸が網のように絡まって、動けなくなる。これを、たいていは解《ほど》いて山に帰してやるが、たまに殺すこともあるという。

ある日、この罠に大きな鹿が掛かった。

大きな鹿が、脚をとられて、しきりにもがいている。それを見たお婆さんは、角もあることだし、これは危ないな、と思って、町の人たちに知らせて回ったのだという。

集まってきた男たちは、

「立派な鹿やな」

「どないする？」

「これはまだ畑に入る寸前やからな。まあ、未遂ということで、許してやらんか」

「そやな、逃がしてやろうか」

そう言って、罠から救い出して、その大きな鹿を逃がしてやると、自由になった鹿は、物凄《ものすご》い勢いで山の中へ帰って行った。

ところが数日して、また鹿が脚をとられてもがいている。

「婆さん、また鹿やな」

発見したのは別の男の人だったが、見ると確かに立派な鹿だ。

だが、前の鹿とは顔が違う。

二人で、町の男たちのところへ相談に行った。

「またかいな」と、また男たちが集まってきて、集会になった。

「大きな鹿を罠から解いてやるのは、けっこう労力もいることやし、山に誘導するにも危険が伴うし……」と、議論がけっこう長引いた。

「まっ、しゃあないか、助けてやろう」

男たちはぞろぞろと、その罠に向かった。

ところが、その罠に絡まって死んでいたのが、大きなタヌキだったという。

しかし、発見した男も、お婆さんも、確かにここで鹿を見ていたのである。

「化けたんやろな。鹿に化けたら助かる思うたんや」

そう言うと、お婆さんはまた草むしりをはじめた。

# 駅の階段

家の最寄り駅が、阪急宝塚《はんきゅうたからづか》線の雲雀丘花屋敷《ひばりがおかはなやしき》だというHさん。

仕事帰りの電車の中で本を読んでいた。
ぱっと顔を上げると、いつもと景色が違う。
（あっ、そうか）と思った。
たまに、阪急電車がそのまま能勢《のせ》電鉄に乗り入れることがある。
慌てて下りると、電車は能勢の妙見口《みょうけんぐち》に向かって走っていった。
（宝塚線に乗ろう）
ところが、ホームに階段がない。
そんなはずはない。向かいに宝塚線のホームがあって、たくさんの人がいる。
ホームの端から端まで歩いてみた。
やっぱり階段がない。いや、階段どころか、ベンチもないし人が一人もいないのだ。
何もないホーム。
（これ、なんかおかしいぞ）

ちょっと焦ってきた。
どうしたら、あのホームへ行けるんだ！
その時、思わずくしゃみが出た。
顔を上げると、目の前に階段があった。

# 遭難

主婦のNさんには一人、娘がいる。

その娘が小学生の頃、あるお稽古事《けいこごと》をはじめた。ちょっと距離が遠いので、Nさんが毎回車での送り迎えをしていた。

いつも、一分、一秒でも早く帰って、娘を風呂《ふろ》に入れて、明日《あした》の学校に備えて休ませてあげたい。そう心がけて運転をしていたという。

ある日のこと。

お稽古事が終わるのが、いつもより遅くなった。

娘を車に乗せると、高速道路から帰ろうと、カーナビを設定して、黄昏時《たそがれ》のバイパスに入った。

しばらく走って、あれっ？　と思った。

逆方向へ向かっている。

次のインターで下りよう。

高速道路はだんだん山の中へと入って行く。と、しばらく走るとインターがあったので、さっそくそこを下りた。料金所は無人だった。

一旦《いったん》車を停めて、周囲を見回すが、近くに入り口がない。ナビを見ると右の道へ行くように表示されている。他に選択肢はない。

ナビに従って車をまず直進させた。

川があって、橋が架かっている。橋の向こうにボヤッとした白いものが見える。橋そのものは、そんなに大きな橋ではない。

ナビの指示に従って橋を渡ると、ボヤッとした白いものが「ペット霊園」の看板と建物であることがわかった。

（霊園かあ、ちょっと気持ち悪いな）と思いながら右へと道をとった。

と、ここでカーナビが消えたのである。

（あっ、消えた。なんでなんで？）

しかし、さっきまでこの道を行くように表示していたのは確かである。そのまま車を直進させる。

携帯電話を手に取ってみた。圏外になっていて、つながらない。

心細くなってきた。

周りに家が一軒もない。外灯もない。さっきまでは黄昏時で薄暗かったのが、もう陽は沈んで、明かりはまったくない。

「ママ、なんだかここ、怖い」

娘がそう言いだした。

ともかく、車を進めるしかない。少し進むとその先の道が、二又に分かれていた。

(あんなの、ナビにあったっけ?)

ともかく、インターを出て、入り口に向かうには右方向へ行く、と記憶にあったので、右の道へとハンドルを切った。すると、どんどんと山道へと入って行く。道幅も狭い。

そのまま車を直進させるしかない。

すると、前方に何かが見えてきた。

崩れた土塀。鐘楼がある。ぼやっと見える大きな建物。

(廃寺だ)

不思議なのは、こんな闇の中に、明かりもない廃寺だけがぼんやり浮かび上がっていることだ。

ゾゾゾッと鳥肌がたった。

来た道を戻って、もう一度インターの出口へ行こう。そうするしかない。

寺の前の広場を使って車をUターンさせると、今来た道を引き返した。

ペット霊園の看板と建物が、またぼんやり見えてきた。その先に橋がある。

だが、川はあるが、橋がないのだ。そのまま行くと行き止まりになっている。

「橋がない。なんで?」

もう一度Uターンさせて、川沿いを走る。やはり橋はない。

霊園がまた見えてきた。

「さっきママ、橋を渡ってあの霊園の看板見たのよ。あんたも見たよね」

「うん。橋がなくなってるね、なんで？」

ここから、川の向こうにある高速道路のインター出口は見えている。だが、あそこへ戻る手立てがない。仕方なく、また車を直進させる。

あの二又の道に差し掛かった。

(さっき、あそこを右に行って廃寺を見てしまった。じゃあ、左を行ってみよう)

ハンドルを左に切った。

やはり山の中へと入って行く。やがてその先に……。

あの廃寺があった。

崩れた土塀に鐘楼、大きな本堂のようなボロボロの建物。それが漆黒の中にぼやっと浮いている。

「これ、遭難したわ」

思わずNさんは、そう口にした。

携帯電話をもう一度確認する。やはり圏外。

どうやったら帰れるのかわからなくなった。朝まで待つしかないのだろうか。

と、突然、ザワザワとしたものを身に感じた。同時に、

「ママ、何か来る、怖い」と娘が泣きだした。

今ある恐怖感は、遭難したという不安感から来るものではない。明らかに、あの廃寺

から、よからぬ何かが来る、という予感から来るものだ。それを娘も感じ取っている。

泣きたくなった。

その時、Nさんの口から自然と『大祓《おおはらえ》』が出た。

実はNさんは若い頃に、神職の資格を取ったことがある。だからそれが自然と口から出たのだ。神道儀式で唱えられる、祓の一つだ。

「たかまのはらにかむづまります。すめらがむつかむろぎかむろみのみこともちてやをよろずのかみたちを……」

すると、ピンポーンとカーナビが鳴り、〈ルートガイドを開始します〉とアナウンスがあった。そして高速道路の入り口から、自宅までのルートを示したのである。

慌てて携帯電話を取ると、アンテナ感度も三本が示されている。

「帰れる!」

そう思って顔を上げると、今まであった廃寺はなく、その向こうにインターの入り口を示す明かりがぼおっと見える。

急いで高速に乗り、ようよう自宅に帰ったのである。

「電話は繋《つな》がらん、車はない。お前も娘もおらん。一体どこで何をしてたんだ。事故でもあったかと心配してたんだぞ」と先に帰っていた夫が言う。

「実は、山で遭難してたんだわ」

「どういうことや？」

その時、家の時計を見てNさんは「えっ」と声を上げた。

夜の十一時を過ぎている。

高速を逆に走ったといっても、インター一つの距離。山道で迷ったが、それも一時間もかかっていない。なのに、いつもより四時間近いロスタイムがあったのだ。

とりあえず娘を風呂に入れた。夫が入れてくれた。

そしてNさんも風呂に入ろうと裸になった。

「なに、これ？」

右の内ももに、大きな紫色の痣《あざ》がある。

「こんな痣、あったっけ？　いや、覚えがない……」

バスタオルを巻いて、夫のいるキッチンまで行った。

「ねえ、私、右の内ももに大きな痣があるんだけど、そんなのあったっけ？」と聞いてみた。

「痣？　見せてみろ」

見た夫は声を上げた。

「えっ、これ、どうしたんだ。どうやったらこんなものが出来るんだ。これ、人の手形だよ」

よく見るとそうだ。

手の平の跡が前にあり、後ろに手の指五本の跡がある。指の節まではっきりと認識できる。

「ほんまやね、手形やね」

Nさんは自分の手をそこに合わせようとしたが、自分の手ではこうはならない。それに随分と大きい。男の手のように思える。

「どこでこんなの、付いたんだろ」

すると夫が「あっ、ちょっと待て」と声を上げた。

「車に乗っていて、ブレーキもアクセルも右足で踏み込むだろ。これは、何者かに守られたか、事故にあうはずだったかのどっちかだ。信じられないかもしれないけど、これ、霊障だよ」

「わああ！」

そこに本当に廃寺があったのか、橋があったのかなかったのかを調べる勇気は、当時はなかったが、私にこの話を提供することになって、改めてグーグルマップで調べてみたのだ。

地図を見ると、インターの出口と橋とペット霊園は確かに存在した。

しかし、廃寺は確認できなかった。何年も前のことなので、廃寺そのものが取り壊された可能性もあろう。

ただ、廃寺があったと思われる近くに、天狗山か天狗岳だかの名を持った山があったのである。

# 疳《かん》の虫

疳の虫というものをご存知だろうか？

昔から、赤ちゃんが夜泣き、癇癪《かんしゃく》、轢《ひ》きつけなどを起こすと、これは疳の虫という糸状の虫のせいだといって、民間のまじない師などによって、虫切り、虫封じなどの施術が行われていたという。もちろん、医学的にはそんな虫は存在せず、幼児神経症であるという。

N子さんの祖母は霊能者だったという。

赤ちゃんの虫切りも得意としていたらしい。

これは、N子さんの母から「私の幼いころ、おばあちゃんがね」と、よく聞かされた話だそうだ。その様子を始終見ていたというのだ。

ある時、若い母親が赤ちゃんを抱っこして祖母のところにやって来た。

「疳の虫がいるみたいですから、虫切りおねがいします」と、祖母にその小さな両方の手のひらを差し出した。

すると祖母は、その赤ちゃんの手のひらに口を近づけると、呪文のようなものを唱えはじめた。それはまるで口を動かしているだけのようだが、耳を澄ますとヒソヒソと何かを言っているとかすかにわかる程度のものだ。すると、口を遠ざけ、祖母は指を刀印に結ぶと、赤ちゃんの手のひらの上に、護符のようなものを描いた。そして、また赤ちゃんの手のひらに口を近づけると、細く短い息を三回「フッ、フッ、フッ」と吹きかけた。続いて、目の前に水が入った洗面器を置くと、その水の中に、赤ちゃんの両方の手のひらを入れて、今度は自分の右手を水の中に入れて、赤ちゃんの手の指を、引っ張りはじめた。

いや、むしっているというか、シュッシュッと揉《も》み出しているようでもある。

つづいて、赤ちゃんの手のひらを洗面器から出し、指の先から何かを抜き取ろうとする仕草を始める。そしてまた、洗面器に入れる。

「あれはいったい、何をしているんだろう」と、N子さんの母は、祖母の近くに寄って行って、よくよく見たという。

赤ちゃんの指の先から、白い糸状のものがにゅるにゅると出てきている。

それを祖母が、一生懸命にひねりだしていたのである。

どんどんとその白い糸状の寄生虫のような、にゅるにゅると動くものが洗面器の水の中に増えていって、洗面器の水の中で泳ぎだす。

なんだか気持ち悪くなって、その場を離れた。

あとで聞くと、祖母は、「ああ、あれは虫だよ。虫を切っていたんだ」と言った。

それは、赤ちゃんの疳の虫のことだったと後で知ったという。うろ覚えではあるが、祖母はその洗面器の中で、うようよ動いていた白い寄生虫のような虫を、裏の畑の土の上に捨てていたようだという。もちろん、その赤ちゃんの疳の虫は治ったようで、夜泣きはしなくなったらしい。

そんな話をN子さんは、ある男性にすると、その男性はびっくりして「実は僕も、同じようなものを見たことがあります」と話しはじめた。

この男性は、知り合いの修験者にそれを見せてもらったのだという。

やはり、赤ちゃんが連れてこられた。夜中にかんしゃくを起こすのだという。部屋には新聞紙が敷き詰めてあり、その上に母子が座らされた。

すると修験者は、やはり右手で印を結ぶと何やら呪文のようなものをブツブツと唱えはじめたのだ。すると、赤ちゃんの小さく細い指から、どんどんと白く細い、うねうねと動く糸状のものが出てきはじめたのだ。

母親はそれを見て、びっくりしている。

修験者は、赤ちゃんの指を手に取り、指の先をひっぱるような仕草をすると、次から次へと出てきて、新聞紙の上にぽたぽたと落ちていく。

みるみるそれは、山盛りとなった。

修験者はそれをそのまま新聞紙にくるんで、護摩炊きの火の中へ入れたのだ。

やはり、赤ちゃんのかんしゃくは、その日以来ピタリと治ったという。

# ろくろ首

四、五十年前、九州のある村での話である。
Mさんが幼いころ、おじいさんと一緒に、近所の神社の夏祭りに行った。

その帰りの事である。

夜のあぜ道を、手を引かれて歩いていると、前の方から何やら白いモノがぷかぷか浮いて、こちらへやってくるのだ。

「なんやろ、あれ？」

よく見た。

びっくりした。

「おじい、おじい。前から、人の生首が来る！」

するとおじいさんは、「シッ」と人差し指を口に当てた。

「黙っとれよ。今からおじいがいいと言うまで、声、出したらあかんぞ」

Mさんは怖くて下を向き、そのまま生首が通り過ぎるのを待った。

だが、なんだかあの首には、見覚えがある。

「もうええぞ」

おじいさんにそう言われて顔を上げた。

もう、怪しげなものは何もない。

「おじい、あれ、なに？」

するとおじいさんは、こんなことを言ったのだ。

「あれはな、人の生首やない。ろくろ首たい。おまえ、あの首に見覚えがあるはずや。隣町に住んどるSおじさんたい。そのおじさんが、ろくろ首となって、飛んできたと。おじいが、声だしたらいけん、言うたのは、話しかけるとその人は死んでしまうとたい。昔からそういういわれがあるんじゃ」

そうは聞いたものの、Mさんは、なぜあれがろくろ首なのか、その理解に苦しんだという。

ただ、最近わかったことがある。

どうもMさんの家系は、昔、ろくろ首だったという伝えが確かにあったのだ。

一族の者は寝ているとたまに、意図せずともろくろ首となって飛んでいく。そのときに話しかけてはいけないと言われていた。しかし、それさえ守っていれば、怖いことでもないから気にするな、ともあった。

とは言っても、これはなんだか怖い。

あのSおじさんは、結局何事もなく、天寿を全うしたが、Mさん自身はたまにこんなことを思うという。

「僕がろくろ首になって飛んでいた、という話は一度も聞かないですけど、今でも寝ているときに、ろくろ首となって、あの村を飛んでいるんじゃないか、そして声をかけられたらどうしようと、そう思って怖くなるときがあるんですよ」

## 小さな温泉

Sさんは今、医者である。

医大生だったころの、夏休みのことだという。

友人四人と車に乗って、紀伊《きい》半島を一周する旅に出かけた。

国道四十二号線を南へ走る。

そんなに広い道ではない。すぐ右は海、あとは田んぼ。たまに山が道に迫ってくる。

そんなロケーション。

すると、行く手に小さな看板があった。

板に一枚の紙が貼り付けてあるだけ。そこに矢印と〈温泉〉という手書きの文字がある。

「温泉やて」

「こんなとこに、温泉なんてあったかなあ」

「おもしろそうや、行ってみようや」

国道から外れて、矢印の通りの道に入った。

車一台がなんとか通れる、あぜ道のような細い道。また看板があった。

〈温泉、コッチ〉と矢印が右を差している。

国道から五十メートルは離れたところ。そこからは車で行けない。車を降りて矢印に従って右の道へと入った。すると、小さな温泉が確かにあった。

一メートル四方くらいの木枠の中に、湯が張ってある。

手をつけてみると、ちょうどいい湯加減だ。

ただそれは、田んぼの中にあって、それを遮るものは何もない。

だがそこは、男ばかりの大学生。料金も取られないみたいだと知ると、服を脱ぎ捨て、湯の中に入った。狭すぎて、四人が入ると立つしかない。それでも肩まで浸《つ》かって、けっこう楽しんだ。

国道を走る車から、こっちは丸見え。

中には車を停めて、こっちを珍しそうに見ている人もいた。そんな人に手を振ってこたえたりした。

しばらく温泉を楽しむと、服を着て車に戻った。そして国道へと戻って旅を続けた。

その夜は三重県のある旅館に一泊した。

翌日は、帰り道となるが、昨日の温泉のことがなぜか気になる。

「あの温泉、どこだっけ」

「俺、地名覚えてるよ」

「もういっぺん、行ってみない？」

昨日走った国道に向かった。

見覚えのある場所に来た。

「確か、このあたりだよな」

「あの信号、見覚えないか」

「あの先、すぐだよ」

「ああ、あそこだあそこだ」

だが、看板がない。そのまま通り過ぎた。

「そんなはずない。Uターンしてみろよ」

やっぱり看板はない。ただ、昨日入ったあのあぜ道はある。

行ってみた。

ボロボロの木の枠がある。一メートル四方ほどの囲い。

「ここ、だよな、温泉？」

Sさんは声を上げた。

「これ、昔、肥溜《こえだ》めだったところだ」

昔は今のような化学肥料がなく、人の糞尿《ふんにょう》を貯蔵し、肥料とした。それをため置く井戸のような設備の事である。

「ああーっ！」

こんなところに男四人、裸になって入っていたのである。
「キツネにだまされるって、こういうことかと思いました」と、Sさんは言う。

# 卵

品川《しながわ》区で肉屋を経営しているというA子さんという中年女性が、こんな話をしてくれた。

彼女の口調が印象に残っているので、それをなるべく再現してみる。

「ある日曜日の午後一時頃のことだったの。ある、テレビ局の前をね、主人と歩いていたのよ。人通りが多い場所で、大勢の人とすれ違うんだけどね。

するとね、前から、若い男がやってくるの。リュックを背負ってて。

これが、のっぺらぼうだったの。

ほんと、顔になんにもなくって、卵みたいにツルッとしてて、そのツルンとしたものの上に、カツラのようなものをつけてるようで。でもね、他はね、見た目は大学生風なの。

ジーンズにTシャツ。それが、早歩きでこっちへやってくるの。

あれっと思うよね。あの人、顔ないなあ。なんだろあれ。そうか、怪我でもして、お面でも被《かぶ》っているんだろう。だったらあんまりジロジロ見ちゃ、いけないなって。でも、気になっててしょうがないの。

どんどんこっちへ来るの。またヘンだなと気がついて。

だって、目がないの。なのに、スタスタと早歩きしてるんだけど、誰ともぶつからないの。そういえば、なんでみんなは気がつかないの？

私と同じ方向に歩いている人がたくさんいるのに、誰もそれを見て不思議がらないんだもの。そうこうしているうちに、もうそこまで来たの。やっぱり、目も鼻も口もない。ツルッとした卵みたいな顔。

横を歩いている主人の体を肘《ひじ》でつつきながら、言ったの。

『ねえねえお父さん、お父さん。あの人顔ないよね』

そしたら主人も『うん、顔ないね』と、やっぱり見ているの。

『お面でも被ってるんだろ。きっと、怪我でもしてるんだろ。あんまり見るんじゃない』って。

『でもお父さん、あれ、お面じゃないわよ』

そしたらすれ違ったの。

横目で、その顔をしっかり見ちゃった。やっぱり、顔、ないの。ツルンとした卵みたいで、色も白くて、まるで殻を剥《む》いたゆで卵。

『あれ、息できないじゃん』

思わず言ったのね。そしたら主人。

『日本の整形技術はそうとう高いんだよ。だから、あんなお面でも見えるんじゃないか』って。でも、絶対あれは、お面なんかじゃない。

思わず二人、振り返ったの。

普通にその若い男ね、そのまま青信号を渡ってっちゃった。それに、周りの人もみんな、普通で。私、主人に言ったの。

『目もないのに、あれって見えてるのかしら。赤信号だったら止まってたのかしら』

そしたら『確かに妙だけど、この世にお化けなんていないから』って、主人言うのよ。

そこって、うちの肉屋に近かったから、しばらくは、あの男、うちへ来たらどうしよって、私怖かったの。結局、なんだったのか、いまだにわかんないの」

# 姉からの電話

ホラー作家のSさんが、六、七歳のころのことだけど、と話してくれた。

四人家族。お父さん、お母さん、九歳年上のお姉さん。そしてSさん。名前は仮にサトルである。

それは、今もはっきりと記憶にあるという。

ある日の午後、母が姉に相談していた。

「買い物に出かけたいけど、あの子一人、置いていけないわ」

「そうね、今日は諦《あきら》めようか」

父は出張中。Sさんは、一人で留守番ということをしたことがなかった。

留守番ができる、と心が躍った。テレビが見放題だ。

「お母ちゃん、行っておいでよ。ボク、いい子にしてちゃんと留守番、するから」と直訴した。

「でもねえ。お母ちゃんとお姉ちゃん、帰ってくるの、あんたが寝ている頃になるわよ。だいいち、お腹すいたらどうするの？」

「そうよ、一人にするの、心配だよ」

「いや、ちゃんと留守番するから」

そんなやり取りが続いた。

「そしたら、大丈夫よね。ちゃんとお留守番、するのよ。ちゃんといい子にしているのよ」

そういうと、二人は出かけて行った。

「やったあ！」とばかり、テレビの前に座り込んだ。

気がつけば、夜の十時。そろそろ寝ないと、そう思ったとき。

電話が鳴った。

携帯もスマホもない時代。家の固定電話。

受話器をとった。

「あ、お姉ちゃんだけど」と姉の声。

「お姉ちゃん、買い物終わったの？」

姉の声を聴いて、安心した。やっぱり一人は心細かった。

すると姉は「あのね、お姉ちゃんね、サトルに言いたいことがあるのよ」と言う。

おかしい、と思った。確かに電話の声は、間違いなく姉である。

しかし、姉はいつも活発でハキハキとモノを言う。ところが、電話の向こうの姉は、なんだか声が一本調子というか、無機質なのだ。そしてもう一つの違和感もあった。姉は母と一緒にいるはずだ。いつもだと「あっ、サトル、お姉ちゃんだけど、なんか変わったことない？　ちょっと、お母さんと代わるね」となる。それが「サトルに言いたいことがあるのよ」を、無機質に繰り返しているのだ。

「お姉ちゃん、なにが言いたいの？　ボクに言いたいことって、なに？」

この時Sさんは、生まれて初めての言葉を聞いたという。その言葉が、今はまったく思い出せないという。

「×××知ってる？」

「えっ、お姉ちゃん、何て言った？」

「×××知ってる？」

「わかんないよ。もっとはっきり言ってよ」

「×××知ってる？」

「えっ？」

「×××知ってる？」

これを繰り返すのだ。

「×××ってなに？　ちゃんと言ってよ」

「×××知ってる？」

なんだかイライラしてきた。

「わからないからお姉ちゃん、切るよ」

電話を切ると、またかかって来た。出るとまた姉だった。

「×××知ってる？」

「だからなに。わからないって」

「×××知ってる？」「×××知ってる？」「×××知ってる？」

同じ口調で同じ言葉が繰り返される。

怖くなった。

「切るよ」

また切った。するともう電話は掛かってこなかった。

そのままSさんは寝た。


朝起きると、母と姉がいた。

「お姉ちゃん、昨夜《ゆうべ》の電話、なんだったんだよ」

すると姉は「なに、電話？　そんなのしてないよ」

「変な電話してきて、『×××知ってる？』って、なんのこと？」

「電話なんてしてないって。ずっと私、お母さんと一緒だったし」

そうなのだ。昨夜の違和感はそれなのだ。

一緒に買い物をしていて、電話をかけるには、一緒にいて電話を代わるか、あるいは一旦《いったん》母から離れないといけない。

「嘘だと思うんだったら、お母ちゃんに聞いてみて」

もちろん母に聞いた。

「いや、お姉ちゃん、ずっと私といたよ。電話なんてしてないよ」

しかし、電話はあった。姉の声だった。名前も呼ばれた。

今も当時のことを思い出すと、気味が悪いという。そして、どうしても×××の言葉は思い出せないのだ。

## コバヤシさん

十四、五年まえのことだという。
親しい友人とルームシェアをしていた二十歳のＯＬ、Ｈさんが、それを解消して、ワンルーム・マンションでの一人暮らしをするようになった。

一人暮らしって、楽しい！

そういって、生活をエンジョイしていたある日のこと。

会社から帰ると、部屋にある固定電話のランプが点滅していた。

当時はもう、携帯電話が普及していたが、Ｈさんは訳あって、固定電話を置いていたのだ。

点滅は、留守番電話が入っているというメッセージだ。

（誰からだろう？）

そう思ってボタンを押した。すると、留守中に入っていたメッセージが再生された。

「コバヤシさ～ん、連絡ください」

（は？　コバヤシ？）

もう一件。

「コバヤシさ～ん、連絡ください」

同じ人からだ。

Hさんの姓は、コバヤシではない。

(ははーん、間違い電話だな。迷惑な話だ)と無視をした。

ところが、これと同じ間違い電話が、毎日毎日、留守番メッセージに入っているのだ。

最初は、

「コバヤシさ～ん、連絡ください」

だったのが、

「コバヤシさ～ん、きのうはどうもありがとう」

「コバヤシさ～ん、昨夜は楽しかったよ。じゃ、またね」

というメッセージが入るようになった。

声も、男だったり、女だったり、若いのや、中年らしき声もある。

そして、メッセージもどんどん増えていっている。

なんだか、コバヤシというその人のバックボーンが見え出した。

「コバヤシさ～ん、昨日の女子会、楽しかったね。ありがとう」

「コバヤシさん、書類ありがとう。プレゼン通ったよ」

どうやら、コバヤシさんは、会社員で女子のようだ。

ところが翌日には、「コバヤシさん、今度のラグビーの試合のことで、お電話いただきたいんですけど」

（えっ、ラグビーの試合？　この人、ラグビー部のマネージャーでもやってんのかしら）

それから一ヶ月、ずっとそんな状態が続いた。

帰宅すると、留守番電話の許容量いっぱいいっぱいのメッセージが入っている。

これが、不思議なことに、休みの日に部屋にいるときは、そんな電話はかかってこない。

しかし、留守をすると、留守番メッセージに入っている。

これらの声は、録音でしか聞いたことがないわけだ。

しかし、Hさんはだんだんこの電話に怒りを覚えるようになった。

なぜならば、ルームシェアを解消して、一人暮らしを選択したのは、彼氏に振られたからだった。でも未練がある。電話をかけてきてほしい。でも、携帯電話じゃ、かけづらいかな。だったら固定電話にしとけば、会社に行っている間、留守番メッセージに声を入れておいてくれるかな……。

そういう動機があったのだ。

復縁がしたかったのだ。

なのに、このコバヤシさん宛ての留守番メッセージに、ぶち壊された、という思いが込み上げてきたのである。

「コバヤシさ〜ん、コバヤシさ〜ん。あのね、今度の女子会のことなんだけどね」

「コバヤシさん。昨夜は残業お疲れさまでした」

女子会、会社の書類、遊びの予定、ラグビーの試合……。

（コバヤシ〜、お前なんだよ。みんなに電話番号くらい、ちゃんと教えとけよ）

Hさんの怒りはピークに達していく。


ところが、この留守番メッセージ、なんだか妙な違和感があるのだ。

Hさんの仕事は、コールセンターのオペレーターであった。電話の会話を多く聞くことが出来る、いわば専門家である。

そうなのだ。

これらのメッセージの全てに、バックノイズがないのだ。

受話器やマイクに近づいて話せば、バックノイズはほぼ消える。

それはわかっている。

しかし、これは明らかに外からかけているなとか、雑踏の中にいるな、駅のターミナルからだなと、わかるし、それを示唆する会話もある。そういうものが、一切ないのだ。

（なんだかこれ、気持ち悪い……）

ある日、Hさんは熱を出して寝込んだ。

すると、昼過ぎに固定電話が鳴った。

「はい」と出た。

「コバヤシさん」と男の声。

あの間違い電話だ。

いつも仕事に出かけていて、留守をしているときに計ったようにかかってくる電話。

一瞬どうしようかと戸惑ったが、すぐにムカついていたことを思い出した。

「あの、うち、コバヤシじゃぁ、ないんですけど」

かなり強い口調でそう反論した。そしてすぐに、柔らかい口調でまくしたてた。

「あの、コバヤシさん、コバヤシさんて、うちにいっぱい電話がかかってきていて、困ってるんです。みなさん、お付き合いも違うでしょう。けれども、あなたのわかる範囲でいいですから、これは、コバヤシさんの電話番号じゃありませんて、言っておいてください。そして、正確な電話番号を教えてあげてください」

　すると男は、

「それは申し訳ございませんでした。けれども、コバヤシさん、まだこっちへ来ていないもので……」

　そう言って、電話は切られた。

（は？　こっちへ来てない？　こっちって何？　どこ？）

　その時気づいた。

普通、留守番電話なら、いないのがわかっていても「いますか？」とか「いる？」と、呼びかけることもあるはずだ。それが一度もなかった。それに、バックノイズも一切ない。

そしてそれに、なんだかまとまりのない人の繋《つな》がり。

そして「こっち？」

怖くなった。

Hさんは、固定電話の解約をしたという。

# 伊豆への一本道

Mさんは大学生のころ、東京の小岩《こいわ》に住んでいた。

アルバイト先で仲間もできて、四年間、夏になると同じ仲間たちと伊豆《いず》へドライブへ出かけたという。

三年生の夏休み。各々、アルバイトを終えた人から車に乗って伊豆へ向かう。予約をとったホテルで合流することになっている。

Mさんは、一番後の組となり、仕事を終えると夜遅くに、T君と二人で車に乗り込み、東京を出た。

三度目の道である。

小田原《おだわら》あたりまで高速、そこから下りると、西伊豆へと向かう。

外灯もない真っ暗な山道だが、直線コース。道に迷うはずもない。

すると、右手にカーブミラーがあった。正確に言うと、カーブミラーの裏側のようだ。

「あれ、なんであんなとこに？」と思う。

直線コースが続いている。カーブなどない。

どんどん近づく。なんだか違和感がある。

脇を通り過ぎてゾッとした。

「わっ、なんだ、今の、見た？」

「見た見た！　すごいもん見た」

T君も興奮している。

カーブミラーではなかった。

カーブミラーと同じ大きさの赤い顔をした男だった。体は普通の人間。紺色の着物姿。

ただ、顔の大きさがカーブミラーと同じなのだ。

その目が、通り過ぎるこちらを、ギロリと見た。人の顔だ。

「おい、先行ったヤツらも、あれ見てるのかなあ」

「話してみようぜ」

しばらく走ると、街の明かりが見えてきた。熱川《あたがわ》だった。

まったく逆の方向。

「えっ、間違える道かよ」

結局、熱川から伊豆半島を回りこんで、ようよう朝になって、ホテルに到着したのである。

## 道路標識の男

C子さんが勤める会社の本社は名古屋《なごや》にある。
以前、関西支社にいたというHさんから、こんな話を聞いたという。

営業で、関西のあちこちを車で走る。
高速道路を走ると、あちこちに緑色に白文字の案内標識がよく見られる。
その案内標識に、男が被《かぶ》さっているのをたまに見たというのだ。
それは、標識の上にいて、そこからバサリと上半身を垂れているのだ。
最初、これを見たとき、ええっ、と思った。さすがにあれは、何かの見間違いだ。
ところが次の標識が見えてきた。やっぱり男が同じように被さっている。
「あっ、俺、疲れてるわ。はよ帰って寝よ」
さほど気にせず、その日は帰って寝た。
また別の日。
一般道路を走っていた。
ブルーの行き先標識が見えてきた。

やっぱり男が、蔽《おお》いかぶさっている。

「あっ、この前見たやつだ」

そこから十キロほど行くと、また標識に男が被さっている。

このとき、あれにはある法則があると気が付いた。

高速道路を走っていた時は、神戸《こうべ》市の神という文字を、男は手で隠していた。

今は、神崎《かんざき》町の神の文字が隠されている。

その後も何度か見た。

神鍋《かんなべ》高原や荒神《こうじん》町、神呪《かんのう》町、あるいは神社を示す標識。いずれも神という字が、男の手によって隠されていた。

「その意味が、さっぱりわからないんですよ」とHさんは首をひねる。

名古屋本社に戻ってからは、そんなことは一度もないらしい。

# 真っ白

M子さんという、三重県に住んでいる女性の話である。

朝早くからの急用ができて、身支度をしていると、

「駅まで送って行ったるわ」

と父が、車を出してくれた。

朝の六時頃、駅前のT字路にさしかかったとき、赤信号となった。

車を停車させ、父は左右を確認している。

右へ曲がるとすぐに駅。周りに車も人影もなかった。

この時、M子さんは奇妙なものを見た。

T字路の真ん中に、人が立っているのだ。

（あれ、なんだろ？）

それは、真っすぐに背筋を伸ばしていて、微動だにしない。

お遍路さんが着るような白装束、右手に箒《ほうき》、左手にバケツを持っていて、その頭の天《てっ》辺《ぺん》からつま先まで、持っている箒もバケツも全部真っ白なのだ。

それを見ていると、なんだかゾクッとしてくる。

その間、まったく動かないので、あれは人間ではなく、蠟人形《ろうにんぎよう》か何かかなとも思えてきた。生きているという感じがしないのだ。しかし、やはり人のようにも見える。

父はと見ると、そんなものは見えていないのか、表情も変えずにいる。

やがて青信号となり、駅へと向かった。

夜、家に帰ると父がこんなことを言いだした。

「今朝、お前を乗せて駅へ行ったやろ。あの時T字路に妙なもんおったけど、何やったんやろな」

「あっ、お父さん、見てたんだ」

父によると、実はあの後一旦《いったん》帰って、今度は母を駅まで送ることになった。

でも、その時にはあの妙なものはいなかったという。

もう一つ不思議だったのは、朝六時の駅前である。普段ならば、人や車の往来がある時間帯なのに、あの白いモノが立っていた時は、車一台、人っ子ひとり見かけなかったことだという。

## コンパス

学生のS子さんが、こんなものを見たという。

高速バスに乗っていた。

どこを走っていたのかはわからない。ただ、下に町を見下ろす風景が、車窓から流れていた。やがて町から外れて、田や畑が眼前に広がった。

遠くに一本道がある。

軽トラックが通ると、もう対向車は走れないような、コンクリートを張っているだけのあぜ道。

あれ？　私、何を見てんだろ？

不安に襲われた。

見ていたのは、あぜ道を行く、妙なもの。

それは図形を描くときに使う、まるでコンパスで、それが四十度くらいの角度に開きながら歩く影だったのだ。ただ、距離が遠くて、その大きさがわからない。しかも、影だけあって、影のヌシが存在していない。

はっきりと確認してみようと、身を乗り出した瞬間、吐き気がこみ上げてきた。

無理、とばかり、トイレに駆け込んだ。
再び席に戻ったが、外を眺めることはやめた。
ただ、その奇妙な影だけは、強烈に頭の中に残っているそうだ。

# 口元

札幌《さっぽろ》に住んでいるAさん。

何年か前、祖母が死んだときのこと。

仕事の都合で、どうしてもお通夜には間に合わないが、なんとか葬式には出られると、真夜中の道路を走った。実家は、オホーツク海沿いの小さな漁村である。

旭川《あさひかわ》を越えた頃には、もう深夜の一時は過ぎていた。

もう何も見えない。集落があっても小さなもので、家々の電気は消えていて外灯も何もない。車も、二、三十分に一台、すれ違うくらいである。

と、向こうにパーキングがあって、そこに停まっている車のライトが点滅した。

その車にどんどん近づく。

なんかおかしい……。そう思った。

その車が、パーキングから出て、この国道へ出ようとしている。

すれ違った。

その車の運転席にいる女の顔が見えた。

ニヤッと笑ったその唇しか見えなかったのである。

この瞬間、Aさんはあることを思い出した。

それは父から聞かされた、昭和三十年頃の話だった。

そのころ、Aさん一家は旭川近くで農家をしていたが、父は夜の九時ごろ、自転車で帰る途中、道端にぽつんと、女が立っていたのを見たというのだ。

田舎のこと、まず知らない人などいない。それに、外灯も何もない真っ暗な道。

そんな道端に、どうして若い女が？

なんだか嫌だなと思うが、そのまま自転車を漕《こ》ぐしかない。

そして女の前を通り過ぎるとき、女がニヤッと笑ったというのだ。

父は「顔は全然見えていなかった。ただ、口元だけが見えて、ニヤッと笑った」と言っていたのだ。

この話を、一緒に聞いていたFさんも、「僕も、旭川に住んでいたことがあるんですけど、今、思い出しました」と話し出した。

サイクリングロードがある。元は鉄道だったところが廃線となり、レールが取り外されてサイクリングロードとなっているそうだ。

その道を自転車で、深川《ふかがわ》から旭川へ向かった。

時間は夜の九時ごろ。

神居古潭《かむいこたん》の川沿いを走っていると、道端に女が一人立っていたのである。

別に自転車に乗っているわけでもない。ただ、暗がりに立っているだけ。

その前を通った。

その時、女はニヤッと笑ったが、真っ暗闇に口だけ見えた印象しかないらしい。

「このあたり、口だけ見える女がいる」と友人たちがうわさ話をしているのを思い出して、ゾッとしたという。

「そうなんですよ。運転席に女がいるのが見えたということは、ライトが当たっていた、ということですから、見えるとしたら顔全体が見えるはずなんですよ」と、Aさんも首をひねった。

# 鉄橋の男

三十年ほど前、K子さんの弟が自己啓発セミナーに通いだし、やがて熱心な信者となった。セミナーはだんだん宗教団体化していったのである。

K子さんも弟に誘われて、このセミナーに通ったことがあるという。

「L」というセミナーで、受講料として十万円を払わされた。

内容は、朝から終電近くまで、ずっとお説教と生き方へのダメ出しを聞かされるというもの。「こんなん、三日も辛抱できんわ」と、K子さんはたちまちやる気をなくした。

その帰りの事。

地下鉄御堂筋《みどうすじ》線の最終電車の一本前の電車に乗り込んだ。

セミナーは江坂《えさか》であったので、ここから大阪市内へと帰る。この時間帯は、大阪市内から郊外へ帰る人は多いが、郊外から市内へ向かう乗客は少なく、車内はがらんとしていた。

K子さんは、一番前の車両の運転席近くに立って、進行方向を何気なく見ていた。

やがて電車は、淀川《よどがわ》の鉄橋にさしかかった。

と、電車のライトが、一人の老人を照らし出した。

橋の真ん中にたっている、ひげを頬から顎下《あごした》にかけてぼうぼうに生やした、ぼろ服の男。ライトに照らされた瞬間、こちらを見てニヤリと笑ったのを、K子さんははっきりと覚えているという。

「わあああっ」という運転手の声がして、急ブレーキがかかった。

ガン！

とその老人と電車は接触した。接触した時の衝撃が車内に伝わった。

鉄橋の真ん中あたりで、電車は急停車した。

「どうしょう、どうしょう」と運転手はうろたえだし、後方からは車掌が走って来た。

K子さんのほかにも、何人かの乗客がそれを見ていたようで、

「どうしたん？　どうしたん？」

「今、人に当たったよ」

「ん？　こんなところで？」

「俺も見てたよ。ひげぼうぼうの老人だった」

運転手と車掌も何かを話し合っていたかと思うと「ぶつかりました。点検してきます」と言って、電車の外へと出た。

しばらくして「点検のため、しばらくお待ちください」という車内アナウンスが流れた。

K子さんたちは、運転手が点検している様子を車窓から眺めているが、下をさかんに

覗《のぞ》き込んでは、「おかしいな、おかしいな」と言っている。

ところが何もなかったらしく、運転手が車両に戻って来た。
四、五分ほどして、「間もなく出発いたします。大変お騒がせいたしました」と車内アナウンスが流れた。
運転席に戻る運転手と、K子さんの目が合った。

「見ましたよね」という表情をしている。K子さんもこっくりと頷《うなず》いた。

結局、何があったのかわからなかった。


K子さんはその啓発セミナーを辞めたが、弟は熱心に通っていた。

やがてそのセミナーは、教団化して社会問題となってきた。

弟を脱会させようと、K子さんをはじめ、家族、知人は弁護士に相談したり、脱会させる会のようなものも発足した。

なんとか弟を脱会させることはできたが、しばらくは、弟やK子さんの職場に教団の幹部が毎日のようにやってきて、探りを入れてきていた。

一度、K子さん自身、教団の代表者と会って話したことがあるという。

代表の男は、元税理士であったといい、ロマンスグレイの紳士然としたおしゃれな男だったそうだ。

何年かして、テレビニュースを見ていると、「宗教団体が摘発されました」と報じている。

教団の代表は、「自分はサイババに指名されたグルである」と称し、「頭部を手で軽く叩《たた》く方法で病気は癒《いや》すことができる」と言って、世間を騒がせていたが、千葉県成田《なりた》市のホテルから、ミイラ化した男の遺体が発見されたというものだった。

この時、代表者の記者会見がテレビ画面に映し出された。

「あっ、あの人や！」

K子さんは瞬時に思い出した。

それは変わり果てた、ひげぼうぼうの教団の代表。

あの時、鉄橋の上にいた老人そのものだったのである。

# カブト虫

私が運営している作家養成塾の塾生K江さんが、広島市内の病院へ、怪我をしている祖父の付き添いに行ったときのこと。

何日か詰めた日があった。

院内にはフリースペースがあり、そこでスマホをいじったり、雑誌を読んだり、ちょっとした自由時間を楽しむことが出来る。

K江さんがそこで休憩していると、隣に座っていた見知らぬおじいさんが、

「お姉ちゃん、怪談好きか？　おっちゃんの話、聞かせたろか」と言ってきた。

彼女は仮にも、中山市朗《なかやまいちろう》作劇塾の塾生。

「じゃ、お願いします」と聞かせてもらった話だという。

このおじいさんが小学校五年生の頃の話と言うから、もう五十年以上も昔の話だろう。

夜中に目が覚めた。

すると、外から、バリバリッ、バリバリッという音が聞こえてきた。あえて言うなら、エビを丸ごと素揚げして、殻ごと食べるときの音。

（なんじゃろな、あれ。猫が残飯でも食うとるんじゃろか）

気にせずに、そのまま寝た。

朝になって、部屋で飼っているカブト虫のケージを見て、パニックになった。

大切なカブト虫がいない。

もちろんケージの上は、蓋《ふた》でちゃんと塞《ふさ》がっていて、重しが置いてある。その状態でカブト虫が姿を消していたのだ。

台所に立っている母に声をかけた。

「母ちゃん、カブト虫、逃がしたんか？」

「なに言うとん。あんた、そんなもん、するわけないじゃろ」と言われた。

そんならカブト虫、どこ行ったんじゃろ？

その日、学校へ行くと、ガキ大将の特権を活《い》かすこととなる。

「わしのカブト虫、のうなったけえ、お前のカブト虫、よこせや」

そうやって調達してきたカブト虫を、自分の部屋のケージに入れた。

「今までより、立派なカブト虫じゃ」

と満足した。

夜中、また目が覚めた。

バリバリッ、バリバリッと、またあの音が聞こえる。そして、ズルッ、ズルッと何かをしゃぶるような音もしだした。

なんじゃあ？

朝起きると、またカブト虫がいない。

カブト虫は、ガキ大将のステイタスだ。こんなことはあってはならない。と、なんとはなしに、消えたカブト虫と、夜中に聞こえたあの音に因果関係があるように思えてきた。

路地に出て、庭の自分の部屋の前を見てみた。そこに、カブト虫の残骸《ざんがい》と思われるものが落ちていた。

「やっぱり猫や。こんなん許されん。ひっ捕まえて皮を剝《は》いで、三味線屋に売ったるわ」

また友達からカブト虫をせしめてケージに入れた。

この夜は、寝ずの番と決め込んだ。

しかしそこは小学生。夜遅くなると、ついウトウトとしてしまった。

ハッと起きてケージを見た。

もういない。

おかしい……。

猫が入ったのなら、その気配で気づくはずだし、蓋は閉まったままで重しもある。猫にこんなことが出来るとも思えない。

と、また外から、バリバリッ、バリバリッ、ズルズルッという音が聞こえてきた。

「もう許さん」

木刀を手に持つと、ガラガラッと窓を開けた。

「この猫、いてこましたるぞ！」

猫ではなかった。

暗闇で、よくはわからないが、人のようなものがこちらに背を向けて、バリバリッ、バリバリッ、ズルズルッと音を立てているのだ。同世代の女の子のようにも見えたという。

「これは、かかわったらアカンやつや」

そう思って窓を閉めると、そのまま寝た、というのである。

すると、このおじいさんの隣で話を聞いていた、三十代くらいの男が顔を上げた。

「おとう、それ、わしのザリガニのとき、猫や、言うてたのと同じ話じゃないか」

するとおじいさんは「そんなこと言うて、化け物がうちに出る言うたら、怖がって孫が寄り付かんようになるじゃろ」

そう言って、おじいさんはトイレに行ったので、それ以上の話は聞けなかったそうである。

# 電車

同じ塾生のK江さんが、近所のおばさんから聞いた話だと聞かせてくれた。

広島市の某所での話だそうだ。

夜、おばさんが踏切を渡ろうとした。

すると踏切の反対側から、近所の小学三年生の男の子がやってきて、同じタイミングで踏切を渡ることとなった。

この踏切は、ちょっと変わっているらしい。

というのは、ここは、山陽《さんよう》本線と呉《くれ》線が合わさる駅の手前にある踏切で、踏切を渡りきるにはある程度の距離がある。また、一本の鉄道が高架線になっていて、上を通っている。その下に渡り損ねた人たちが退避できる道があるのだ。

おばさんと男の子が、踏切を渡ろうとしたら、ちょうど真ん中あたりで、踏切が鳴りだした。歩みを止めて、二人は退避して、高架線の下で電車を待った。

電車が来た。

ところが電車は、おばさんから見て、左から右へ、高架線の上を走り抜けていった。

「また来るんやろな」

やがて、踏切が鳴り終わり、遮断機が上がっていく。

「あれ？　高架線を走るんじゃったら、踏切を鳴らす必要、ないんじゃないかねえ」

するとと男の子は「おばさん、これって、おかしくない？」と言う。

「そうなんよ。高架線走るんじゃったら」

だが男の子は「違う、違う」と手を左右に振った。

「え、なにが違うん？」

「上だったら、右から左へ行くんじゃろ」

あっ、と思った。

あの高架線は、左から右へ走ると逆走になる。

そして確かに、それに反応した踏切の警報器もなんだか妙だ。

翌朝、新聞やニュースをくまなく見てみたが、電車が逆走したということは、報じられていなかった。

# ヘビ

今は医師をしているSさん。

小学校の六年間は電車通学をしていた。

いつも一歳年上のお姉さんと一緒だった。

一年生のときその通学路で、まるでヘビのような顔をした女を見ていたという。

ほんとうにそれは、ヘビで、顔全体が白いウロコに覆われ、目は赤く両端に離れている。口元はとんがり、たまに、チロチロッと二つに分かれた舌が見える。しかし、髪の毛はあり、体をコートで包んでいる女性。

幼心に、あれはそういう病気の人なんだ。ジロジロ見てはいけないんだ、と思うようにしていた。

姉も、道行く通行人もそれを見ているはずだが、お互い何も言わないので、あえて触れてはいけないことなんだと察しもしていたつもりだった。

それが、二年生になって、パッタリと見なくなった。

大人になってそのことを思い出し、姉に言ったところ、

「そんな人、見たことないわよ」と否定された。

後に、イギリスのホラー映画『蛇女の脅怖』を観たとき、まったく同じものだ、と驚いたという。

# 弟

作家のTさんから、「これは、一九七八年か、九年の頃のことだから、僕が二十一か、二歳でね、当時から映画が好きで、映画館でアルバイトをしていたくらいだったんだ。そんな時、同じ映画好きの三十歳くらいの男の人と知り合ってね。オールナイトの上映会かなにかがきっかけだったかな、意気投合してね。それからはよく二人で飲みに行って、映画談義をやっていたんだけどね……」と、聞かされた話である。

その男性はBさんという。

Tさんは、とにかく映画、特に特撮映画に目がなく、特撮映画が観られて、それについて仲間たちと語れれば、文句のない生活だったそうだ。

Bさんも、同じく映画、とりわけ特撮映画が三度のメシより好きだという。そこが気が合ったところだった。

それからは、二人で飲みに行くようになり、映画について語り合うようになった。

ただ、Bさんは三十歳という年齢もあってか、「彼女が欲しい」とよく言ってくる。

Tさんとしては、僕にそんな話をされてもなあ、という気持ちになる。

自分自身にそういう気持ちもないので、女性をお世話することもできないし、そんなに興味の持てる話でもなかったからだ。

すると、ある時から、Bさんと連絡が取れなくなった。

今のように携帯電話やメールのない時代。連絡の取りようもない。

「どうしてるんやろ、Bさん」

そう心配をしていると、二ヶ月ほどして、ひょっこりとBさんが姿を現した。

また、二人で映画を鑑賞したり、飲みに行って映画談義をするようになる。

ただ、ちょっと気になることがある。

以前のように「彼女が欲しい」ということを、一切言わなくなったのだ。

（あっ、しばらく会っていないうちに、彼女が出来たな）

そう思った。

ある夜も、映画を観た帰り、二人で居酒屋に入って映画の話をしていたが、何気なくTさんは「先輩、彼女でも出来たんですか？」と聞いてみたのだ。

別に気になっているわけでもないし、Bさんに彼女が出来ようと関係のない話だ。ただ、場を持たすために、ほんとに何の気もなしに聞いただけのことだった。すると、それまで楽しそうにしていたBさんの顔が、途端に曇ったのだ。

そして、何かを言おう、とするが、言えない。そんな状態になった。

Tさんはお酒を勧めながら「先輩、どうしたんですか。彼女が出来たんなら、話してくださいよ」と聞き出そうとした。

なんだか訳ありのBさんの表情を見て、興味が湧いてきたのだ。

「彼女、出来たんでしょ？」

すると、うん、とBさんはうなずいた。そして、

「まあ、出来たは出来たんだけどね……」

と、また口籠《くちごも》った。

「よかったじゃないですか。どんな方なんですか？」

また、Bさんが沈黙しだす。

「ねえ先輩、その方、美人ですか」

「うん、それがね……、僕にはもったいないほどの美人でね。年齢は、聞かなかったけど、僕と同じか、一つ二つ、上かも知れない」

「ちょうどよかったじゃないですか」

「でもな……」と、また押し黙る。

「性格に問題があったんですか？」

「いや、そんなことはない。僕にはもったいない人で……」

「結婚とかは？」

「もちろん、するつもりだった」

だった？　ということは、結婚はもうしない、ということだ。

Tさんは、何があったのだろう、という好奇心が抑えられなくなった。

お酒を勧め、機嫌を取り、尋問をしながら、ようやくこの話をぽつりぽつりとBさんが、語り始めたのは、もう深夜の十二時近かったという。


二ヶ月ほど前のことだ。

ある街で、焼き肉屋に独りで入り、独りで肉を焼いていると、向かいの席で、やはり独り寂しそうに焼き肉を焼いている女性がいた。美人だな、と思った。

そこで思い切って「こちらで、一緒に食べませんか」と話しかけてみた。

「私でいいんですか？」

そう言って、その女性は同席してきた。それが、その彼女だったという。

話は盛り上がった。冗談を言うと、彼女は笑ってくれるし、少々の蘊蓄《うんちく》話も、うんうんと聞いてくれる。ひさしぶりに満たされた気持ちになった。

それからは、一週間に二度ほど、待ち合わせをして焼き肉を食べに行くという仲になった。そして、バーに行くようになり、大人のお付き合いとなった。

この頃にはBさんは、この女性と一緒になる、結婚したいと、心に決めていたという。

だが、一つだけ気になることがあった。

なんでも話してくれる彼女だったが、家族のことはまったく話題に出ない。また、いつも食べに行く焼き肉屋の近くに住んでいるらしいが、送っていこう、と言うと、それは拒絶されるのだ。

それでも聞いていくと、両親はもういない。死に別れた。近い親戚《しんせき》もいない、ということがわかってきた。

いわば彼女は、天涯孤独の身の上のようなのだ。

だったらそれでいい、とBさんは思った。

三十歳になってはじめて出来た彼女。人間関係の構築が苦手なのは自分でもわかる。

彼女と結婚しても彼女の両親とどう付き合っていけばいいのか、どんな距離感がいいのか、親戚が多かったらどうしよう。正直、結婚を意識したころから、そんな心配をしていた。

「だったらあとは、僕の両親を説得するだけのことです。僕と結婚してください」

その時、プロポーズした。彼女に笑みが戻った。

「今度の休みの日。一緒に僕の田舎へ行きましょう。両親に、貴女《あなた》のこと、紹介します。そして、将来のこと、話し合いましょう」

そう言うと、彼女が「その前に」と言った。

「私の家に来ていただけませんか」

………。

Bさんの話がそこで止まった。

Tさんは聞いたそうだ。

「で、彼女の家、行ったんですか？」


「行った」


彼女は天涯孤独の身、家には誰もいないはずだ。ただ、彼女がどこに、どんなところに住んでいるのか、それは知りたかったという。

彼女はこう言ったそうだ。

「私のことを、ここまで思ってくださった方ははじめてです。それに、Bさんの本気度もちゃんとわかっています。ですから、私のことを、もっともっと知っていただきたいのです」

彼女が住んでいたのは、二階建ての木造の一軒家。その二階を借りて住んでいた。

玄関戸を開けると、靴を脱いでそのまま階段を上がっていく。

一階には大家さんが住んでいるらしい。

二人で階段を上がりかけた、その時、

「驚かないでくださいね」

そう彼女に言われた。

「え、驚く？」

一瞬、汚部屋、つまりゴミでも積み重なっているのかなと思った。

「何かあるんですか？」

すると、言いづらそうに、小声で耳打ちしてきた。

「実は、弟がいるんです。今日は弟に会っていただきたくて。それで来ていただいたんです」

部屋に入ると、畳敷きの六畳の和室。きれいというより、清潔感のある部屋で、モノがあまりない。片脇が押し入れ。奥に襖《ふすま》がある。その向こうにもう一部屋があるわけだ。

座布団を出され、出されたお茶を飲みながら、沈黙の時間が流れた。

弟に会ってくれ、というので、てっきり弟さんが挨拶《あいさつ》に来るものと思っていた。しかし、いくら待っても、弟は姿を現さないし、彼女も弟を紹介する気配もない。

Bさんは、わかっていた、という。

あの襖の向こうの部屋に、彼女の弟はいる。

人の気配がするのだ。いや、物音がしている。

それは、
ズルズルッ、ズルズルッと何かで畳をこするような音。

耳を澄ませた。
ズルッ、ズルッ、ズルッ、と今度は何かが畳を這《は》っているような音。
続いて、コンコンコンコンコンと、何かを小刻みに叩《たた》く音もしだした。
何かがいることは確かだ。
また、ズルッ、ズルッという音。
彼女と目が合った。
この部屋ですね、と、目で合図をした。
すると彼女も、その襖を見て、一息ついて、こくんとうなずいた。
Bさんは、意を決して立ち上がり、その襖を開けようとした。
（一体、何があるんだ。この向こうは、どういう状態なんだ！）
襖に手をかけた。
その時、
「目だけは、キレイなんです」
彼女が言った。
スッ、と襖がわずかに開いた。
部屋は真っ暗、その奥に、青白い眼球のようなものが二つ浮いている。

（なんだあれ？）

思った瞬間。

ズズズズッと音が近づいてきて、その眼球もみるみるこちらへ迫ってくる。

同時に、トントントントン、という何かをたたく音も激しくなった。

Bさんは、襖に手を掛けたまま、固まった。

襖を持つ手に、振動が伝わる。

大きな、ひきずる何かが、襖にもたれかかってきている。

そして、その先にある尾っぽのようなものが、トントントントン、とまるで何かにいらだつように畳を小刻みに叩いている。

襖をこのまま開けようか、いや、閉めようか。

自分がわからなくなった。

だが一瞬、あの眼球が間近までやって来た時、こちらの蛍光灯の明かりに照らされて、眼球の輝きがふっとなくなると、鱗《うろこ》で覆われた巨大な蛇腹のようなものを見た。

気絶したのか、気がつけば自分の部屋だった。

「それからは、彼女とは会っていない」

Bさんは、そう言って、コップ酒を呷《あお》った。

この話を聞いて、Tさんはあることを思い出したという。

それは、子供の頃、両親から聞かされた話だ。

Tさんは、和歌山県A郡の出身。

山間部にある村で、山仕事に行く人が多い。

山にはタヌキやイノシシが出るとはよく聞いていたが、たまに、大蛇に遭遇することがある。村の人たちは、オロチと言って恐れたという。

大蛇といえば、アナコンダのような大きさを想像するが、あんなものではないという。出会うと、オロチは鎌首をもたげる。その高さが四、五メートル。顔だけでも人の胴体くらいの大きさがある。

それを見た人は、だいたい二、三日寝込むと死んでしまう。

もし、生き残ったとしても、その人の子供に、蛇の子が生まれるというのだ。

もしかしたら……。

# 送ってって

ある夜、Iさんは車で郊外のレンタルビデオ店に行った。

借りたいDVDを何枚かみつけた。

さて帰ろうと、車に戻った。

すると、二十歳くらいの女の子がこっちへ走ってくる。そしてこの車の助手席のドアを開けるや、勝手に乗り込んできた。

「おいおい、君、なんや？」

いきなりのこと。Iさんは驚いてその女の子を見た。

けっこう可愛い子だったという。とはいえ、誰だ、この子？

「ちょっと、勝手に何してるねん。降りてくれよ」

すると女の子は「送ってって」と言う。

「アホなこと言いな。若い女の子が、見知らん男の車に乗るもんやない。降り降り」

「送ってって」

女の子はそれを繰り返す。

「送ってってて、どこへ？」

そう言っても、具体的な地名は言わない。ただ「送ってって」を繰り返す。

酔っぱらっているのかなと思ったが、そうでもないようだ。

じゃあ、クスリでもやっているのか？　いや、とも思う。

こんな夜中、ひょっとしたら何か事情があって、困っているのかもしれない。走って来たということは、誰かに追われてきたのかも知れない。だとしたら、助けてあげたいという気持ちはある。

「君、家どこや。なんなら家まで送ってってもいいけど」

すると、「右へ行って」

女の子がそう言った。

「右？」

「右へ行って」

そうとしか言わない。とりあえず、車を出して道路へと出ると、ハンドルを右に切った。

「さあ、右へ行ったぞ。で、どこや。どこが君のうちや」

「ええから、真っすぐ行って」

「あのなあ。具体的なこと言ってくれんと、困るねん。どこ行ったらええのかわからんでは、送られへんし。それに俺、家に帰りたいねん。降りてくれへんかなあ」

すると、「ええから、最後まで送ってってよ」と女の子が怒りだした。

「それ、おかしいやろ。なんで勝手に乗り込んで来て、そんな態度やねん。だいたいこんな時間に、君みたいな女の子が、知らん男の車に乗り込むということが考えられへん。それになんで、俺が怒られてんねん」

そう言っても女の子は降りようともせず、「ここ、左へ行って」「右に行って」と指図する。彼女の言う通り、十分ほど走った。

ただ、このあたりの道は勝手知ったる地元の道。彼女には悟られないようにぐるりと、同じところを回っていたのだ。

「右へ行って」

女の子がそう言ったとき、疑惑が確信に変わった。

さっき、この道を左に行け、と言われた交差点。彼女は、ここはどこで、自分がどこへ行こうとしているのかが、分かっていない。途端に、ゾッ、としたものが背筋を走った。

Iさんは言う。

「二十歳くらいの可愛い女の子です。僕も男ですから、正直下心もわきましたよ。でもね、こんな田舎の道、しかも夜中の十一時を過ぎた時間。車の中、まったく知らない間柄の男女だけというのは、めちゃくちゃ怖いですよ」

ともかく、降りてもらおうと思うが、そのキッカケがつかめない。

そのまま、ぐるぐる回っていると、これだ、と思うものがあった。

「ねえ、彼女。あそこにジュースの自動販売機があるやろ。俺、のどが渇いたから、ジュース買ってきてくれへん？　お金渡すから、君の好きなジュース、買ってきたらええから」

「私、のど渇いてない」

「俺が飲みたいねん」

自動販売機の前に車を停めた。

「な、あるやろ。飲まんでもええから、君のも買っといで。ほら、お金」

すると女の子は「わかった」と言って、お金を受け取ると、車を降りた。ジュースの自動販売機へと歩きだす。

「今や！」

ドアを閉めると、アクセルを踏み込んだ。

(追いかけて来てないやろな)

ふっと、後ろを振り返る。

その間、五秒もない。

女はいない。

いた気配さえもない。

ただ、ジュースの自動販売機の明かりだけが、ポツンとあるだけ。もちろん隠れるところもない。

物凄《ものすご》い恐怖がこみ上げて、そのまま家へ直行した。
今思っても、あの女の子は、どこから来た何者で、どこへ行こうとしていたのか？
あのまま乗せていたら、どうなっていたのか。
そう思うと、今も怖いとIさんは言う。

# 督促状

仮名ではあるが、ツヨシさんという男性が「これは怖いとか、そんな話じゃないんですけど、不可解で絶対あり得ないことなんです。僕の中ではまだ整理がつかないままでして」と言って、聞かせてくれた話である。

十数年前のこと。

奈良県の橿原市《かしはら》に、妹二人とツヨシさん三人で、賃貸マンションを借りてルームシェアをしていた。ところがある日、末の妹のチカコさんが失跡したのである。

駆け落ちであった。

岡山出身の男と付き合っていたことは知っていた。

だらしのない男で、周りは反対していた。だから二人で勝手に籍を入れて、二人で暮らすつもりなのだろうとは理解した。

こういう場合、さしあたって生活費を稼げる仕事と言えば、住み込みでパチンコ屋で働くことだろうと、ツヨシさんは目星をつけ、時間のある時はパチンコ屋を虱潰《しらみつぶ》しにあたった。しかし、二人の居場所は杳《よう》として知れない。

それから三年がたった。

ツヨシさんは結婚して、橿原市のマンションを出た。もう一人の妹のアキコさんも結婚し、彼女も橿原市のマンションを出て、それぞれに独立した人生を歩んだのである。

それからまた二年がたつ。

ツヨシさんが大阪市内の自宅に帰ると、郵便ポストに督促状が入っていた。

「なんやこれ？」

住民税の督促状。

覚えがない。だいたい今、ツヨシさんはサラリーマンをしているので、そういうものは天引きされているはずだ。

「ほんまに俺宛てか？」

住所を見ると、大阪府松原《まつばら》市……。消印も松原市となっている。ところが宛名が、行方不明のチカコさんになっているのだ。

「これ、あり得ないことです」とツヨシさんは言う。

「僕が結婚したことも、大阪市に引っ越したことも、チカコは知らないはずなんです。だから転送されたということはあり得ないわけです」

市役所に行った。

「市役所ってこんなことするんですか」と、職員に抗議した。

「これ、確かに僕の妹の名前ですけど、勝手に人の家を探したり、転送したり、そんなことするんですか？」

「そんなことはあり得ません。そんなことが出来るはずもありません」と職員は言うが、現にツヨシさんの手元にある。

「何かのお間違えでは」と、職員は首をひねるばかりだった。

郵便局にも行ってみた。

「これ、松原市の住所宛てですよ。松原市の人間の郵便物が、配送ミスで大阪市内の人間の住所に届くことって、あるんですか？」

「絶対にそれはあり得ません」と、市役所と同じ答えが返ってきた。

転送も配送ミスも、あり得ない。

しかし、チカコさんの住所はわかった。おそらくここに住んでいる。

もう一人の妹、アキコさんと一緒に、黙ってその住所に行ってみることにした。

本当にいる、とは思わなかったが、「もしいたら、俺、絶対ヤツをぶん殴ってやる。勝手なことして心配かけやがって、許さん。けじめや」

と、アキコさんに言いながら、松原市を訪ねた。

督促状に書かれた住所のアパートに、チカコさんはいたのだ。

いざ、顔を見ると、殴ってやる、と思っていた怒りは収まり、涙の再会となった。

やはり、パチンコ屋で働いていたが、だらしのない男とはもう別れていたらしい。

「ところで、この督促状に書かれた住所を唯一の手掛かりとして、ここに来たわけやけど、お前、ようおってくれたことやな」

すると、チカコさんは、「そやないんよ。私今日、お店休んだんよ」と言う。

「身体でも悪いんか」

「笑わんといてな兄さん。信じてもらえんかも知れんけど、昨夜《ゆうべ》な、ツヨシ兄さんとアキコ姉さんが、そこの玄関からここに入ってくる夢を見たんよ。それがあんまりリアルやったんで、もしかしてと思って、お店休んだのよ。そしたら、それとまったく同じことが、今日起こったんよ」

ツヨシさんは言う。

「これ、手違いとか偶然やと思いますか？　でね、もう一つ言うと、来るはずのない督促状が僕の家に届いた日は、亡くなった親父の命日やったんですよ」

# ＦＡＸ

十数年前のことだそうだ。

ユウコさんのところに、友達のA子さんから「携帯の番号変わったよ」というＦＡＸが届いた。追伸として、〝間違って実家の方にＦＡＸ送っちゃったあ〟と書いてある。

あれ？　うちの実家、ＦＡＸなんてないのに。

さっそく、友達の新しい携帯電話にかけてみた。

「ところで、うちの実家にＦＡＸ送ったって？　うち、ＦＡＸなんてないよ」

そう言うと、確かに送ったという。

送ったあとすぐに、ユウコさんのお母さんから電話があったという。それが、

〈もしもしA子ちゃん。私、ユウコの母です。お久しぶりね。実はユウコ、最近一人暮らしはじめたんだけど、住所や電話番号知ってるかな？〉と言われ、教えてもらったという。

それで、改めてＦＡＸを送りなおしたのだという。

「でも、うちにＦＡＸないし。もしかしたら買ったのかなあ」

そう思って実家に電話をしてみた。

「FAX？　買ってないよ」と母が言う。

FAXなんてないし、電話をした覚えもないという。

だとしたら、友達が送ったというFAXはどこへ届いて、電話をしてきた私の母というのは誰なのか。なんでその人は、最近私が一人暮らしをはじめたことを知っていて、その住所や電話番号を知っていたのか。なんだか怖くも思う。


ちょっと似た話がある。

ある女性のお母さんが亡くなった。

ある日、東京に住む弟から電話があった。

「お姉ちゃん、ごめん。母さんの戒名って何やったかな。教えてくれへん」と言う。

「ああいいよ。でも戒名って電話口で言っても、漢字間違っちゃうから、ちゃんと書いてFAXで送るわ」

「ああ、お願い」

彼女はとりあえず、家事を済ませて、落ち着いたところで紙に母の戒名を書き、弟あてにFAXを送った。

十分ほどして、電話が鳴った。

「私、島根の○○と申しますが」

聞き覚えのない女の声。しかも島根に知り合いはいないし、○○という名に覚えもない。

「あの、どちら様？」

そう言うと、「やっぱりそうですよね」と先方が言う。

「あの、先ほど、ＦＡＸがうちに届きましてね、そこに戒名が書かれてあったので、私、心当たりもありませんし、内容も内容ですので、一応お知らせしておこうかと。それでＦＡＸ用紙に発信元の電話番号がありましたので、それでお電話さしあげました」

「あっ、そうでしたか。私、電話番号を間違えて、そちらに送ってしまったんですね。すみません。わざわざ教えていただきまして」

「いいえ」

電話を切った。

私何してるんやろ、アホやな。

そう思いながらＦＡＸの送信履歴を見た。やっぱり弟の電話番号に間違いない。だいたい〇三ではじまる番号が、島根に届くはずがない……。

もう一度、弟の電話番号でＦＡＸを送った。そしてすぐに、弟の家に電話をしてみた。

弟の奥さんが電話に出た。

「お義姉《ねえ》さん、すみません。ＦＡＸ、今届きました」

「ああよかった。ところでそのＦＡＸ、もう一枚来てない？」

「いえ、これ一枚ですけど」

「あっ、それならいいの」と電話を切った。

どういうこと？

なんだかモヤモヤする。私が送ったＦＡＸは、どこをどうやって島根の知らない人のところに届いたのか。島根の○○さんに、もう一度電話をして詳しく聞いてみよう。

電話機の履歴を見た。弟への履歴しかなかった。

# ユウコは二人いらない

先ほどの、電話をした私の母って、誰？　というユウコさんの話である。

ユウコさんが独立したのは、ケータイショップで働くようになったからだ。

このころから、妙なメールが届くようになった。それが、

〈ユウコは二人いらない〉というもの。それが何度も何度も知らないところから送られてくる。

上司に相談してみると、

「ストーカーだよ」と言われた。

ある日、遠い親戚《しんせき》でお葬式が出た。

直接縁がある人でもなかったので、喪服は用意せず、仕事帰りの服装で向かった。

その途中、カフェが新装オープンしたらしく、お店の前でチラシを配っている若い女性がいる。

「オープンします。よろしくお願いします」とそのチラシをユウコさんに渡そうとした。

チラシを受け取って、そのまま歩きだすと、その女性が付いてきた。

「あの、何か御用ですか?」

するとー女性は「今からどこへ行かれます? お名前はなんですか?」と聞いてきた。

「あの、ちょっと急いでいますから」と、あしらおうとするが、やはり付いてくる。

そして同じことを何度も聞いてくる。

「お名前はなんですか?」

「お名前はなんですか?」

面識もないのに、失礼な女ね。

ちょっとイラついて、「ユウコです」と強く言った。すると、

「ユウコは二人いらないって言ってるのに」

そういうと、立ち去った。

それから妙なメールは来なくなった。

不思議なことに、一週間後に同じ道を通ったら、新装オープンしていたはずのカフェはどこにも見当たらなかったそうだ。

## 雪の中

E子さんが札幌へ出張に行った時のこと。
会社の同僚や支店の人たち十数人でバスを貸し切った。
大倉《おおくら》山展望台へと向かう。
札幌冬季オリンピックで、スキージャンプ競技が行われた場所である。
一番前の席を陣取った、怪談好きのE子さん。
「私、怪談が好きで集めているんですけど、そんな話ありますか？」と聞いてみた。
するとバスガイドさんが「ひとつだけあります」と運転手を見た。
「うん」とうなずく運転手。
するとこんな話が出たのだ。
その場所というのが、まさに今通っているこの道。
それは数ヶ月前、雪が降り積もって、あたりは白銀の世界だった昼間のことだという。
乗客を大倉山に送り届けた帰りのこと。
運転していたのも、今の運転手さん。

ハンドルを切りながら、ふっと左手に目が行った。

女の人が、大の字となって、雪の中に埋まっていた。

それは、毛糸の黄色い帽子にショッキングピンクのスキーウェア。ズボンも白いスキーウェア。赤い手袋にスノーブーツを履いた、どう見ても白人女性。

「あれ、なんだろ。遭難でもしたのかな」

ブレーキを踏みながら、バスガイドさんに声をかけた。

「あっ、ほんとですね。ケガでもされているのかも知れませんね」

バスを停車させ、バスガイドさんが、さっき女の人が埋まっていた場所へと走った。

影も形もなかった。

雪の中にしっかり埋もれていたのに、そんな気配さえもない。

「一瞬にして消えたんです。そうとしか思えません」

バスガイドさんがそう言うと、

「そうだよな、車を停めて降りる、一瞬の事だったからな」

運転手さんもポツリとそうつぶやいた。

# ハイキング・コース

K子さんたち女の子ばかりで、ある山にハイキングへ行った。

山頂に神社が鎮座している地元では有名な山で、キャンプ場もある。K子さんたちは、そこで昼間から、バーベキューやお酒を楽しんだ。

二時を過ぎた頃、もう帰ろうと支度をした。

来るときはケーブルカーを利用したが、帰りはハイキング・コースを歩くということにした。山そのものはそれほど高くない。下り坂だから、三、四十分も歩けば町へ出られるようだ。

キャンプ場の管理人に聞くと「ああ、すぐに帰れますよ」と言う。

「あの道からキャンプ場を出て、しばらく道なりに歩くと、山道に出ます。左へ行くとH神社、右へ行くとハイキング・コースになっていて、そっちへ向かってください。そしたらケーブルカーと私鉄電車の駅がありますから」と教えてくれた。

余った野菜やビール、缶チューハイなどをリュックに押し込み、女の子四人、キャッキャキャッキャと談笑しながら、山道へとかかった。

右を見ると、ハイキング・コースと看板があった。そのまま、下り坂を歩く。

大きなブナの樹があり、その向こうは谷、下に川が流れている。

「な〜んかさ、大自然の中にいるって感じ、しない？」と深呼吸をする。

みんな意気揚々。しかし、K子さんはこの樹にちょっと違和感を持った。

その根元に、お地蔵さんがある。

そのお地蔵さんの前に、今供えた、というような新しい花と、枯れた古い花が山積みにしてあって、木の枝からは、白いひもが、何本も垂れ下がっている。

「はよ、行こ」

四人はその場を離れ、下り坂を歩いていく。

すると、前方に同じ風景があった。

大きなブナの樹があり、その下にお地蔵さんがある。その前に山積みになった新しい花と枯れた花、木の枝からは、白いひも。

四度、同じ風景を見た。

「おかしいよこれ。三、四十分で下りられるはずやのに、私らどんだけ歩いてんの？」

「ほんまや、おんなじとこ、ぐるぐる回っているようやし」

すると、下から人がやって来た。

背負子《しょいこ》を背負った無精ひげのおじさんだ。足にはゲートルを巻いていて、腰に鎌を下げている。地元の人に違いない。

「すみません」と声をかけてみた。

「あの、地元の駅って、このまま行けば着きますか？」

するとおじさんは、ニタァと笑うと「お姉ちゃんたち、化かされたな」と言う。

「ほら、あそこに駅見えてるわ」

おじさんが指さす方を見ると、さっきまでなかった駅の屋根があった。

「いやぁ、あったあ！」

駅に着くと、夕方の六時を過ぎていた。四時間も同じところを歩いていたようだ。

後日、その山の話を地元に住むという知人に話してみた。

すると、

「二十一世紀のこの時代に、ゲートルを足に巻いた人なんておるかいな。それに俺、ずっとあの山の麓《ふもと》に住んでるけど、背負子を背負った人なんて、見たことないわ」

と言われた。

# カラオケボックス

作家のSさん、それに友人のDさん、Zさんの三人で、あるカラオケ店に入った。

受付で、三〇一号室のリモコンを受け取って、三階へ上がった。

エレベーターをおりた途端、SさんはZさんに持っていたリモコンを手渡すと、「ちょっとトイレ行ってくるから、先部屋入っとって」と言い残して、トイレに向かった。

「俺も」と、Dさんも付いてきて、二人で用をたした。

すっきりして廊下に戻ると、Zさんはまだ廊下に立っている。

「何してんねん。先部屋入っとけ、言うたやろ」

「いや、部屋の中に誰かおったんや」

「あっ、それ、店員が部屋、間違ったんやわ」

三人はそのまま受付に戻った。そして事情を説明した。

「そんなはずないです」と、店員は不思議そうな顔をする。

「けど、人がおったんや。嘘と違う」

Zさんはそんな店員に反論する。すると店員は、「ちょっとお待ちください」と、部屋を見に行ったようだが、すぐに戻ってきて「間違いありません。誰もいないです。三〇一号室です」と言う。

三人はまた三階へ上がって、三〇一号室のドアを開けた。

確かに誰もいない。

「なんや、おらんやないか。お前が人がおったと言うたから信用したんやぞ」

Sさんがさんにそう言うと、

「確かにおった。俺、見たから」と、首をひねった。

「きっと、隣の客が間違って入ったんやろ」

Dさんはそう言って、そのまま部屋へ入って行く。二人もそれに続いた。

入るなりDさんは、「この部屋、寒いわ」と言うと、エアコンのリモコンを手にして、温度を調節しだした。

Sさんは、寒いとは思わなかったが、得も知れない違和感を、この部屋に覚えた。

「なあ、お前、ここに人がおったと言うとったけど、誰がおったんや？」

どうやらZさんは、ドアを開けた瞬間、人がいたのですぐに「あっ、すみません」と言ってドアを閉めたらしい。だからよくわからないとしながらも、大学生風の男女が何人かいた、と言う。

「おいおい、せっかくのカラオケやん。もうええやないか。飲み物と食べ物、注文して始めようぜ」とDさんはエアコンのリモコンをテーブルに置いた。

「そやな」と、Sさんは受付に繋《つな》がる内線電話の受話器を手に取った。

その受話器からは、サーッ、ヒュー、と風のような音がしていて、そこにもそもそという女の声のようなものが、断片的に聞こえてくる。

「もしもし、聞こえますか？　もしもし、注文をしたいんですけど。聞こえますか？　もしもし……」

返答がない。ただ、風の音と女の声のようなものが聞こえているだけ。

「なんやこれ、壊れてるで」

Sさんはそう言って受話器を戻す。

「この店、なんかヘンやなあ。どうしょ」

「それ、壊れてるんやったら、注文どうするねん」

三人がボヤキだすと、ドアをノックされた。店員だった。

「すみません。そちらの声はちゃんと聞こえるんですけど、こちらの声が届いていないようなので……」と、頭を下げると注文を取り出した。

「さっき、電話の対応に出たの、おたく？」

「そうです」

「じゃあ、あの女の声はなんやったんやろ」

とりあえず、注文をした。

Zさんはもう、曲を入れて歌い出している。

ところがDさんは、またエアコンのリモコンを手にして、「この部屋、寒いな。なかなか暖まらんし」と、ずっと温度調節を繰り返している。

Zさんが歌い終わって、Sさんがマイクを持った。

イントロが始まり、さあ、と息を吸った瞬間、Dさんが曲を停止させた。

「なにすんねん」

「今、女の声が聞こえた」

「えっ？」

「さっきから気になってたけど、Zが歌ってる間に、か細い女の声がZの声に重なってたように聞こえてた。で、今もお前が歌おうとした瞬間、はっきり女の声が聞こえた」

するとZさんも「俺も最初に、人がここに入ってるの見たし、なんかヘンやここ。かえてもらおうぜ」と言い出した。

Sさんも、受話器から妙な声を聞いている。

「さっきからお前、この部屋に人がおったと言うとるけど、妙なことなかったか？　何か思い出してみ」

「う～ん」

Sさんにそう言われて、Zさんは考え込んだ。

「そういえば、ドアを開けた時、曲が鳴ってなかった」

「それは、休憩中とか、たまたま曲と曲の間やったとか、そういうことやったんやろ？」

「だからおかしいねん」とZさんは言う。

普通、いきなりドアを開けられたら、そっちを向くだろう。しかし、彼らのうちの誰もこっちを見なかった。曲が鳴っていたのなら、そっちに気を取られていて、気が付かなかったということもあるかも知れないが、静かな状態で、ガチャリとドアが開いたはずだ。なのに誰もこっちを気にしなかったのだ。

Zさんはそんなことを言う。

「部屋、変えてもらうぞ」

Dさんは、内線電話の受話器を手に取った。

「おいそれ、壊れてるで」

ところがこの時は、ちゃんと繋がり、部屋を替えてもらったのである。

三〇二号室。

隣の部屋、というのは三人とも嫌だったが、その部屋しか開いていないと言われたのだ。

「だったら、隣の部屋の人間が、間違って入っていたというDの推論は成り立たんな」

と、Sさんが言った。

先ほどの三〇一号室は角部屋だった。隣室は三〇二号室。ここは空部屋だった。間違って入る人などいない。

ともかく、部屋が変わると今までの妙な違和感もなくなって、三人はカラオケを楽しんだ。途中、「トイレに行く」と、Ｚさんが席を立ち、部屋を出て行った。

しばらくして、血相を変えたＺさんが戻ってきた。

「あかん！　この店あかん！　はよ出よ！」

そう言いながら、自分の荷物をまとめだした。

「おいおい、何があったんや」

「ええから急げ！」

近くの喫茶店に入って、気を落ち着かせた。

Ｚさんは、こんなことを言った。

トイレからの帰り、どうも気になって、空となった三〇一号室のドアを開けて、中を覗《のぞ》いてみたという。人がいた、という。

それが、注文をしようと内線電話の受話器を手にしたＳさん、それを見ているＤさん。

そして曲を選んでいる自分の姿だったのだ。

無音で、ピタッと止まった状態。

（あかん！　この店、なにかある！）

そう思ってこの店を出ようとした、と。

三人はこんな見解を出した。

きっとあそこは、空間が歪《ゆが》むか残像現象が起こる場所なのかもしれない。おそらく、Zが最初に見たのは、前の客の残像だったのではないか、と。

じゃあ、Sさんが受話器から聞いた、あるいは、Dさんが曲に重なって聞こえたという か細い女の声はなんだったのだろう。

# 粋《いき》なサービス

去年のこと。
K子さんが一人で沖縄旅行をした。
那覇《なは》のビジネスホテルで一泊する。
部屋に入ると、さっそくお風呂《ふろ》に湯を入れた。
しばらくして、どんなもんかと、覗いてみた。
「うわぁ、ここ、こんなサービスしてるんだ」と驚いた。
湯船いっぱいに、真っ赤な椿の花が浮いていた。
「粋なホテルね」
服を脱いで、裸になる。
お風呂場に入ると、湯船には何もなかった。

## スネコスリ

会社員のTさんが大学生の頃のことだと言うので、十数年前のことである。

物凄《ものすご》く暑い日、奈良の実家でぐだっていたという。

動く気もしない。

しかし、生理現象はやって来る。

トイレに行こうかと部屋を出て、廊下に出た。

すると突然、右脚のふくらはぎのところを、もにょもにょもにょ、と触られた感じがした。毛深い何かが通ったようだ。

いきなりだったから、わわわわわっと、驚いて足元を見たが、何もいない。

当時、家で猫を飼っていた。

その猫が足元にまとわりついて来たようにも思ったが、猫は向こうの日陰で寝ている。

それに、あの感触は、猫とは違うという感覚がしている。

なんか、脚の数が多かったような……、いやいや、見てないし。

結局なんだかわからずに終わった。

それから半年たった、真冬のことである。

両親が留守をしていて、姉とTさん、二人で晩御飯を食べていた。

すると、ふと姉がこんなことを言ったのだ。

「ねえ、うちの廊下に、何かいるような気がしない？」

Tさんは、半年前のことを思い出した。

「そういえば、なんかいるようやなあ」

「それって、犬か猫みたいな気、せえへんかった？」

「そう。した」

「それって、脚、多くなかった？」

「お姉ちゃん、なんで知ってるの？」


ここからは姉の話である。

実は、去年の冬、凄く寒い日のことだったという。

夜、仕事から帰って、玄関から廊下にさしかかった。

廊下に電気は点《つ》いていなかったが、そこは勝手知ったる我が家だ。そのまま部屋に向かって歩こうとすると、廊下の奥に白いもやもやっとしたものがいた。

（あれ、なんやろ？）

それは、もそもそと動いている。

よく見ると、右の壁へ向かって動いて、右の壁の中にスッと消える。しばらくすると、右の壁から白いもやもやっとしたものが出てきて、廊下を横切って、左の壁の中に消える。

そんなことを繰り返しているのだ。

別に怖いという気持ちはなかった。ただ、それが何なのか知りたくて、近くに寄ってじっと見た。また、白いもやもやっとしたものが壁から現れて、自分の足元に来た。

するとそれは、そこでピタッと止まり、ハッと顔を上げたのだ。

姉と、目が合ったそうだ。

それは、口が突き出ていて、三角の耳があり、目は黒いアーモンド形で、それは目というより、穴が開いているようなものだ。なんだか、犬っぽいフォルムだったという。

その白いものは、目が合った瞬間、(あっ、ヤバイ)というような雰囲気で、サッと壁の中に消えた。

「そんなものがいた」

と姉は言うのだ。

「それって、脚、多かったん?」

Tさんが聞くと、

「はっきり見たわけじゃないけど、多かった気がする」

と、言うのだ。

「でね」

と姉の話は続く。

「昨日かな。今うち、電話線の工事してるやん」

確かに工事をしていて、本来、電話線は壁を伝って天井へ這《は》わすが、工事中は仮配線ということで、昨日から廊下に這わせてあってテープで仮留めがしてある。

「そいつがいて、その線を不思議そうに見ていたのよ」

そういえば、リビングにいても、あっ、猫が通った、と思ったら何もいなかった、ということが、たまにあることを思い出した。

「それ、なんなんやろ」

Tさんは興味を持って、ネットで検索してみた。

犬　猫　脚が多い……。

すると、なにかしら情報が出てきたが、何番目かに、あるイラストレーターが個人でホームページを開設していて、いろいろなイラストを発表しているのを見つけた。

神話上の生物、天使や悪魔、怪物などがある。そのうちの一つがひっかかった。

モノクロで描かれたその絵。

フォルムは完全に犬。尻尾《しっぽ》も顔も犬そのもの。

ただ、後ろ脚は二本だが、前足が数十本ある。

「これや。まさにこれや。これなんなん？」

イラストの下にタイトルがあった。

妖怪《ようかい》・スネコスリ。

「すね、こすられた、これやん！」

姉にそれを見せた。

「これ、これ、これやん！」

姉も声を上げた。

「けど、なんでこんなもんがうちにおるんやろ」

父は大学教授で古い書籍や掛け軸などがたくさんある。ひょっとしたらそういう関係で、住み着いたのかな、と、これは姉の意見だそうだ。

# 儀式の砂

T江さんが小学生の頃、二十年ほど前のことだという。

虫取りのおじさんがいた。

カブト虫は一匹三百円、クワガタ虫なら百五十円で買い取ってくれる。

「今度はいつ来られるかわからんからな」と言うので、それまでに何匹か捕まえておくと、けっこうなお小遣い稼ぎになる。

「捕まえに行こうぜ」と、兄や近所の男の子たちと連れ立って、T江さんもよく裏山へ入ったのである。

ある夏休みのこと。

裏山へ入るため、麓《ふもと》の神社の境内を通った。

すると、鎮守の森の木々の枝葉から陽がさしているが、その陽が集まって、陽の柱のようなものを形成していた。あたりは落ち葉だらけなのに、その陽の柱の下には落ち葉はなく、白い円が地面にある。

一人、立ち止まって、なんだろうと見る。

その陽の中に、ゆらゆらっとした、何かが現れた。

それが、はっきりとした姿を見せた。

昔の烏帽子《えぼし》にボンタンのようなものを穿《は》いた、裸足《はだし》の男が三人。

白い円の中で踊っている。その大きさは十センチほどのものか。

それを見て、子供心に、絵で見た、平安時代の牛車《ぎっしゃ》を牽《ひ》いている人たちみたいだ、と思ったという。

踊っている姿はすごく楽しそうだ。

すると「何してるんや、早う来いや」という兄の声がした。

兄たちはもう前をずんずん進んでいる。

「ちょっと待ってよ」と返事をして、また見ると、もう陽の柱もなく、踊っている男たちもいなかった。兄たちに、さっきこんなものを見たと話しても、誰も信じてくれない。

その夜、おばあさんに話してみた。

「そうか。ほんなら明日《あした》、おもしろいもん、見せたるわ」とニヤリと笑われた。

「えっ、なにを見せてくれるの？」

「おもろいことや。その代わり、明日のおやつはなしやで」

翌朝、五時に、おばあさんに起こされた。

「今から、約束したおもしろいもん、見せたるからな」

そう言って、おばあさんは、家に伝わるまん丸い鉄枠の古い手鏡と、おやつ用のビスケットを持ってきた。T江さんは、小さなスコップと小さなバケツを持たされた。

表に出ると、そのまま裏山の麓の神社に向かった。

社務所の前に、ブロックで囲んだ場所がある。その中に入ると「これ、バケツ一杯に入れるんや」と言われた。地面に蓋《ふた》があり、おばあさんはそれを開けた。

さらさらとした砂があった。

「おばあちゃん、これ、なに？」

するとおばあさんは口に指をあてて「誰にも言うたらあかんで。これは、お清めをした砂で、儀式用の砂なんや。だまってバケツに入れや」と言う。

入れ終わると「お前が見た、陽の柱はどのへんにあった？」と聞く。

「あっちや」と、その場所へ案内した。

やっぱり昨日見たものは、夢でも幻覚でもなかった。落ち葉だらけの境内に、円形の白い地面がある。おばあさんは、そこを少し掘って、持ってきた手鏡を埋めた。

白い丸い地面と、その古い手鏡はピタリと大きさが合ったような気がした。

埋めた鏡の上に、儀式用の砂をかけ、鏡を完全に覆わせて、その真ん中に、いくつかに割ったビスケットを置いた。

「さっ、これでええわ。また明日、ここに来ような」と言われ、そのまま家に帰ったのである。

いやいや、こんなん、一日置いといたら、野良犬か野良猫、もしかしたらカラスに食べられるのにきまってるやん、と子供心に思う。

翌朝、また五時に起こされた。

「今から神社に行くぞ」と、おばあさんが用意している。

兄を起こそうとしたが「あかん、これはお前だけに見せるもんやから」と止められた。

夏の朝の事。

もうあたりは明るく、農作業に出かける近所の人たちと挨拶《あいさつ》を交わしながら神社へと向かった。

例の場所に来た。

「あっ、やっぱりカラスに食べられてるやん」

清めの砂を敷いた場所には、ビスケットはなく、カラスの足跡があったのだ。

しかし、「よお見てみ」と、おばあさんが言う。

よく見ると、カラスの足跡と並んで、人差し指くらいの大きさの人の足跡があった。

それは、端から真ん中へ歩いてきて、真ん中でくるくる回り、また反対側へ抜けたような足跡。それが砂の上に、はっきりとある。

「おばあちゃん、これなに？」

「それはなあ、小さい人をみつけるおまじないや」と言われた。

今はもう、幼いころの記憶であるが、こんなことを知っているおばあさんて、凄《すご》いと今も思っているのだそうだ。

ちなみに、あの古い鏡は今もあるが、直径は二十四、五センチほどで持ち手の付いたものであるという。

## 隣のY子ちゃん

K子さんが、中学のリレーの選手に選ばれた。

そして、隣に住むY子さんも、同じく選手に選ばれた。

そうなると、早朝からのトレーニングが必要となる。

「だったら、一緒にやろうよ」

二人はそんな約束をした。


ある朝、K子さんがいつものように、隣のY子さんを誘いに行った。

玄関のチャイムを鳴らし、二階を見る。

ベランダがあって、そこがY子さんの部屋だ。

出てこない。

何度も鳴らすが、家の人も出てこないのだ。

あれ？

一旦《いったん》家に帰り、自分の部屋に戻った。Y子さんと同じく、二階がK子さんの部屋。

実は、隣とは同じ建売の家で、二階のベランダは、声が掛けられるぐらい近いのだ。

それで、ベランダから声を掛けようとすると、隣のベランダにいっぱい洗濯物が干してある。

（あれ？　さっき見上げた時、洗濯物なんてなかったのに）

妙に思ったが、とりあえずY子さんの名前を呼んでみた。

すると、洗濯物がもそもそと動いたかと思うと、それをかき分けて、Y子さんが出てきた。

それが、凹凸のない真っ黒な顔。

あっ、と息をのんで、部屋へ入ると窓を閉め、あまりの怖さにうずくまってしまった。

（今のなに？　私、なに見たん？）

もう一度外に出て、Y子さんの家の玄関から二階を見上げた。

洗濯物は、やはりない。

チャイムを鳴らした。

しばらくして、「ごめん、寝てたわ一」と、眠そうな顔をしたY子さんが出てきたのだ。

# 稲荷《いなり》の祭り

三十年ほど前、Uさんが小学三年のころの真冬のことだったという。

夜中の一時か、二時だったと思うと、Uさんは言う。

突然、外からざわざわとした音が聞こえてきて、目が覚めた。

大勢人がいるようだ。

お囃子《はやし》が聞こえる。鉦《かね》や太鼓、ほら貝の音もする。

今日はお祭りかな？

いや、子供ながらも、こんな時間、しかも冬の時季にお祭りなどないことはわかっている。しかし、大勢の人の気配とお囃子の音は、確実に近づいてきて、やがて家の表を通っているのがわかるのだ。

好奇心が一気に湧き上がった。

起き上がって部屋を出ると、玄関の引き戸を開けてみた。

長い行列が、目の前にあった。

列を作っている人たちは、全員白装束、足は脚絆《きゃはん》に藁草履《わらぞうり》。今思うと修験者のような恰好《かっこう》だったそうだ。先頭を行く人たちは、幟《のぼり》のようなものを持ち、鉦をたたく人や、ほら貝を吹く修験者のような人、それに旗を持っている人たちもいる。

「やっぱりお祭りだ」

納得して、部屋に戻って寝た。

翌朝、両親に「昨日の晩、お祭りやったん？」と聞くと、不審な顔をされた。

「夜中に、こんな行列見た」と言うと「そんなん、聞いたことないし、そんな音も聞こえんかったよ」と言う。

おじいちゃんに聞いてみた。もう永いこと、ここに住んでる人やから「そんなん、今どきないなあ」と言う。

「今どき？」

「昔はそんなお祭りがあったんや。近所のお稲荷さんのお祭りでな。けど、戦争中に空襲があってな。そのお稲荷さんも焼けてもうた。それからは、お祭りはなくなったんや。それに似とるようやけど、はて？」

そう言われると、外に何の明かりもなかったのに、なぜ行列があんなにはっきり見えたのかが不思議に思えた。

ところがだいぶ後に、そのお稲荷さんの小さな祠《ほこら》が近くの神社に合祀《ごうし》された。

今は、Uさんが子供のころに見た行列が復活し、秋の祭りとして、夜になると実家の家の前を通るのだという。

# ビワとイチジク

子供のころ、E子さんがよく遊びに行く家があった。

若い長男と、おじさん、おばさんの三人暮らし。

遠い親戚《しんせき》筋にあたる家で、子供の足でもじゅうぶん歩いて行ける距離だった。

ある日、おじさんがその家の庭に、ビワの木を植えた。

するとE子さんのおじいさんが、血相変えてその家に、

「バカヤロウ！　ビワを植えるとは何事だ」と怒鳴りこんだ。

「どうしてだ。何が悪い」とおじさんは言う。

「庭にイチジクの木があるだろう。ビワとイチジクを同じ庭に植えると、その家の当主にロクなことが起こらんのや。お前、絶対に病気になるぞ」

確かに地元の人は、ビワは畑に植えていて、家の敷地や庭に植えている人はいない。

そして、昔から、ビワとイチジクは、同じ敷地に植えてはいけない、ということも聞いたことがある。

なぜ、そう言われているのかはわからない。

「そんなん、迷信や。大丈夫や」と、おじさんは譲らない。

そのうち、ビワはすくすく育った。

イチジクも成長し、実をたわわに実らせる。

E子さんはそのおすそ分けを、よくもらっていた。

何年かして、おじさんが突然、脳梗塞《のうこうそく》で倒れて、二年間寝込んだすえに亡くなった。

長男が当主となったが、そのとたん、精神を病んで精神科病院に通うことになった。

そして、三年後に亡くなった。残されたおばさんは、その直後に、肺がんで亡くなった。

ビワは、人の精気を吸い取る、といういわれがあることを、E子さんは後で知ったという。

今は空き家となったその場所を見るたびに、「だからあれほど言ったのに」と、おじいさんはボソッと言う。

# ブラックバス

十五年ほど前のこと。

Yさんが松山《まつやま》市に転勤となった。それで一軒家を借りた。

あたりは畑。近所の子供たちと仲良くなった。

ある夏の夕方、たまたま早く帰れた。すると、子供たちが、Yさんの家の玄関前で騒いでいる。

「どうしたんだ？」

「おっちゃん、バッタや」と言う。

見ると、都会育ちのYさんとしては、見たこともない大きなショウリョウバッタがいた。

子供たちが捕まえて来てくれたらしい。

(なんかちょっといい天ぷら屋で、揚げてもらいたいような大きさだな)

そんなことを思っていると「おっちゃん、持ってみ」と子供たちに言われた。

なんか嫌だな、と思いながら持とうとすると、ピッと手の上で跳ねて、バッタはどこかへ行ってしまった。と、その時、目の端で何かが動いたような気がした。

畑になにかいる。

モグラかな？

また何かが動いた。畑の中に何かいて、ぽぉーんと飛び跳ねている。

子供たちがそれを見て「わああ」と走っていった。

すぐ戻って来た。

「おっちゃん、バケツやバケツ」と言う。

水を入れてついて行った。

そこに、大きさ四十センチ近い泥だらけのブラックバスがいて、畑の上を飛び跳ねていたのだ。

バケツに入れたが、大きくて入らない。

ところで、畑にブラックバス？　近くには川も池もない。

「どっから来たんだ？」と空を見上げた。

すると子供たちは「天狗《てんぐ》や天狗」と言う。

近くにI寺という修験の寺があり、そこに天狗がいて、朝と夕方に飛ぶらしい。その天狗が落としたのだという。

結局、あのブラックバスが、どこから来たのかはわからない。

# 河童《かっぱ》を見た？

昭和の四十年代中ごろの話だという。

和歌山市に住むFさんは、毎朝電車で大阪市内の会社に通勤していた。

ある朝も、満員電車の中で揺られていた。

ちょうど、扉にもたれるように立っていたのだが、紀ノ川《きのかわ》の鉄橋に差しかかった時、妙なものが目に飛び込んできた。

川から、緑色の何かが上がってきて、ペタペタと橋脚を伝って登ってくる。

河童や！

瞬時にそう思った。

全身緑色、ザンバラ髪に背中に甲羅のようなものもある。

ちゃんと見極めようとするが、電車はかなりのスピードなので、みるみるそれは、見えなくなった。

はっと気づいた。

(俺以外に、あれを見た人、おるんやろうか？)

そう思って車内を見渡したが、ほとんどの人は新聞を読んだり、居眠りをしていたりして、外を見ている人などいない。

すると、子どもの声が聞こえてきた。

「ママ、今僕、河童を見たよ」

見ると、座席に後ろ向きに座っていた子どもが、隣のお母さんに話しかけている。

（あの子は見たんや）

証言者がいたことが、うれしかった。

だが、当然のことながらお母さんは言った。

「そんなものいません」

# 旅の途中

東海道五十三次を行脚しながら、怪談蒐集《しゅうしゅう》した若い男がいる。

M君といって、私の怪談会や怪談ライブによく来てくれる怪談好きである。

東海道といえば『四谷《よつや》怪談』。だからネットで〈東海道〉〈怪談〉と検索しても『四谷怪談』しか出てこない。ならば、東海道に新しい怪談をもたらそうと考えたのがきっかけだったという。

東京の日本橋《にほんばし》を起点に、品川、川崎《かわさき》、神奈川、保土ケ谷《ほどがや》……、と江戸時代の宿場町を歩いて踏破する。宿場町では怪談を一話は集めないと次へは進めない、など、自分なりのルールを作って昨年の四月に出発。九月に京都三条《さんじょう》大橋に到達。

この時集めた怪談は、彼の「五十三次怪談行脚」というホームページにて掲載されている。

この話は、そんなM君の許しを得て、怪談行脚で採集されたという怪談を一話、特別に掲載させてもらうものである。

大きなリュックを背負って歩いていると、結構、地元の人が声を掛けてきてくれる、とM君は言う。

　これは、夏の暑い盛りの日のこと。あまりの暑さに、屋根のある公園のベンチで休んでいた。近くで何かの工事をしている。その工事現場から、年配の男と若い男が出てきて、こちらへ向かって歩いて来た。

「にいちゃん、暑いねえ」と、年配の男が声を掛けてくる。

「にいちゃん、何してるの？　荷物デカいけど」

「僕、今東海道を歩いての旅の途中なんですよ」

「えっ、歩いて？　大変だね。五十三次全部歩くの？　そりゃあ凄《すご》いね」

「いやあ、でも暑くて暑くて。あそこの河で泳ぎたいくらいですよ」

　そうM君が言うと、年配の男の話が止まらなくなった。

「あの河ね。今はあんな感じだけどね。昔は水がもっと綺麗《きれい》でね。地元の子供たちはあそこでよく泳いだもんだよ。俺もガキの頃、よく泳いだもんだよ。でもあの河さあ、よくグネグネ曲がってんだよね。だから大雨でも降ろうものなら、あちこち水があふれちゃって。道路なんて水浸しになっちゃってさ。そこにこんなデッカイ魚が泳いでんだよ。河ん中じゃないよ、道にだよ。最初はさあ、こんなデッカイ鯉だと思ったら、鮒《ふな》だったんだよ。

　それをね、子供の頃、タモを持って追いかけたもんだよ」

　そんな話をM君は「はあ、はあ」とうなずきながら聞く。

「そうだねえ、一つ、二つ、三つ目か。三つ目の辻《つじ》の先に橋が架かってんだけど、あのあたりが急に曲がってってね。そういうところって、土がどんどん削られていくんだよね。そしたら深い淵《ふち》が出来てさ。夏休みになると子供たちが集まって、その橋から河へ飛び込んで、淵の底まで潜ってさ、底にある石とかを取ってくる、なんてことをやっていたんだけど、誰も成功したヤツいなくってさ。それほど深いんだ。何メートルあるんだろうね。でさあ、そこにカッパが出るんだよね」

「カッパ！」

それを聞いた瞬間、M君の身体がピクンと反応したという。

すると隣でその話を聞いていた若い男が、

「さすがにそれはないでしょ。カッパなんて信じられないですよ」

「いや、いるんだよ。俺のカミさんが見てるんだよ」

これは聞き逃してはならない。

M君は、名刺を差し出し、旅の趣旨を説明し、改めて聞かせてもらったというのがこういう話であった。

その年配の男の奥さんの体験談であるという。

彼女がまだ小学生の頃のこと。当時は一般の家には風呂《ふろ》がない場合が多く、銭湯に通うことが日課であった。

ある夕方、銭湯からの帰り、兄と姉と一緒にその橋を渡った。

するると、橋の下から、ピシャーン、パシャーン、ピシャーンという、妙な音が聞こえている。

綺麗な河なので、魚が多く、それが飛び跳ねたりしているのかと思ったがどうも違う。なんだか澄んだ高い音で、しかも大きい。そんな音が連続している。

「ねえねえ、ヘンな音しているね」

兄にそう聞いてみた。

「うん、そうだね。聞いたことのない音だね。カッパでもいるんじゃない？」

「えっ、カッパ？」

小学生だった彼女の中に、たちまち好奇心が湧きあがった。

「カッパいるの？　ねえねえ、見に行こうよ」

すると兄も姉も「いやだよ。今風呂から出てきたとこじゃん。下に下りてったら汚れちゃうよ」とそのまま帰ろうとする。

「私、見てくる。そこで待ってて」

そういうと、彼女は走って橋を渡りきると、土手を下りていき、葦《あし》をかき分け、そっと草の陰から橋の下を覗《のぞ》いてみた。

何かがいた。

そこから音が聞こえている。

河原に向かって、二つの人影が並んでいる。いや、二本足で立ってはいるが、その形は異様だ。

背の高さは、彼女と同じくらい。黒っぽい肌。二つともガリガリに痩《や》せていて、脚が物凄《ものすご》く短い。その形は人のようで人ではない。

その並んだ二つの異様なものは、こちらに背を向けたまま、ピシャーン、パシャーンと、どうやら両手の手のひらで、水面を叩《たた》いているようだ。

立ったまま、水面を手で叩くということは、その手は身長と同じくらい長い。

その長い手が、確かに見えた。

(あれはなに？　私は何を見ているの？)

もう、ドキドキ、ワクワクとして、怖いのと好奇心が入り混じった状態で、心臓はバクバクいっている。

と、二つの影は、彼女に気づいたらしく、チラッとこっちを見ると、そのまま水の中に飛び込み、その姿を消したのである。

「うちのカミさんね。テレビ見てて、カッパのキャラとかCMなんかにカッパが出るたびに、毎回この話をするもんだから、全部覚えちゃったよ」

# 馬の鞍

Mさんという女性が「うちの娘がね」と、こんな話をしてくれた。

その子は小学一年生の女の子。

ある牧場に遊びに行った。

馬に乗ることも体験できるのだそうだ。

「お馬さん、乗る？」

「うん」

だがその馬が暴れていて、係の人がいくらなだめすかせようが、収まらない。

「今日はお馬さんの機嫌が悪いようだから、ムリね」

Mさんがそう言うと、娘は首を横に振る。

「ううん、お馬さん、痛いって言ってるんだよ」

「うん？」

「痛いって言ってるの」

この子、何言ってるのかしら、と思いながら「どういうこと？」と聞いてみた。

「ほんとなの、それ」

それが本当なら、係の人の耳に入れておいた方がいい。だが、Mさん自身も半信半疑なのだ。馬はと見ると、鼻息も荒く、前脚を上げたりして、怒っているようでもある。

ところが、娘を見ると、ポクポクと近づいてきて、フッと娘の前に顔を出すと大人しくなった。娘がその馬の頭を撫《な》でている。

驚いたのは、係の人たちだ。

意を決してMさんは、係の人に声をかけてみた。

「すみません。不思議なことだとは思いますが、聞いていただけますか。うちの娘が鞍《くら》のところが痛いと、馬が言っていると言うんです。ヘンだとは思われるでしょうが、ちょっと鞍を見てもらえますか」

係の人は、いぶかしげな表情を見せながら、鞍を外した。

鞍から、釘《くぎ》が一本出ていた。

鞍を変えると、馬は落ち着いて、娘は乗馬を楽しめたのだという。

## 空のサラリーマン

随分前のことだという。
Aさんは、出張の帰り、長崎から東京へ向かうジャンボジェットに乗り込んでいた。
窓の外はもう暗闇で、窓ガラスに自分の顔が映りこんでいる。
しばらく書類に目を通していたが、眠くなったので身体をずらした。
ふとその時、窓の外が見えた。
そこには、ジャンボジェットの広い翼が見えているのだが、その翼の上に人がいる。
（うん？　そんなことが……）
目を凝らして、よく見てみる。
人だ。
スーツを着たサラリーマン風の男が、飛行中のジャンボ機の翼の上に座っているのだ。
お尻《しり》をペッタリと付け、両足を前に伸ばしている。
ひらひらと、スーツが風になびいている。
そんなものが、ぼーっと発光して存在しているのだ。
自分がそんなものを目にしていながら、俄《にわか》には信じられない。

隣の席に、紳士がいる。彼にも見てもらおうと思ったが、よくある映画のシーンを思い出した。

一旦《いったん》、目を離すと、あれは消える。

そう思って、奇妙なサラリーマン風の男から目を離さずに、失礼とは思ったが、肘《ひじ》で隣の紳士をつついた。

「何ですか」

ちょっとイラついた紳士の声がした。

Aさんは、窓の外を指さし、

「あれ、見えます？」

と聞いた。するとしばらくして、

「見えます。何ですか、あれ！」

「やっぱりあなたにも見えますか」

「見えます、見えます。人ですよね、あれ」

「人、ですよね、やっぱり」

二人はしばらくそれを見ていたが、わけがわからず、互いに顔を見合わせた。次に窓の外を見たら、もうその姿は掻《か》き消えていたのだ。

## むじな

兵庫県に住むFさんが、大阪万博の帰りに体験したというから昭和四十五年のことである。

季節は秋。

Fさんたち、職場仲間の男ばかり三人で、車で大阪万博見物に出かけた。その帰り道のことである。

今なら、自動車道路は随分と整備され、車にナビも付いているが、当時は丹波《たんば》、但馬《たじま》にかけての道路事情はあまりよくなく、暗い山道を行くしかない場所もある。

しかも、運転をしていたHさんが「近道を探すわ」と、山の中に入って行く。

この時は、後部座席にFさん。助手席にはTさんが乗っていたが、ヘッドライトの明かりしかない漆黒の闇を進んでいると、

「もし、この道にたった一人で歩いている若い女がいたとして、この車に乗せてくれ、と言うて来たら、お前、よう乗せるか」

助手席のTさんが、Hさんにそんなことを言った。

「冗談やないで。俺、よう乗さんわ」

そんな会話が冗談に聞こえないほどの暗闇。もちろん、対向車もなく、人影もない。

やがて、Fさんは眠たくなり、うとうとと眠りかけた。

「うわぁ！」

いきなり前の二人が叫んだのと同時に、車を急発進させたかのような衝撃で目を覚ました。

「なんや、どうした？」

二人に声を掛けてみた。だが、返事がない。

「おい、何かあったんやろ」

また聞くが、やはり返事がない。

しかし、何となく、尋常ではない空気が感じられる。

Fさんは身を乗り出して、前の二人の顔を覗《のぞ》き込もうとした。

ハンドルを持つHさんの手は小刻みに震え、Tさんの顔も真っ青だ。

「ほんまにどうしたんや。叫び声、上げたやないか」

すると、Tさんがその真っ青な顔をFさんに向けて言った。

「お前、今の、見んかったんか」

「何を？」

また二人は沈黙する。

「何をや！」

　すると、Tさんは H さんに問いかけた。

「お前は、見たよな」

　ハンドルを握ったまま、H さんはうんうんとうなずく。

「なんや、教えてくれ。俺、さっきうとうとと寝てたんや」

　すると二人がようやく口を開いた。

　さっき、この暗がりの山道を、一人の女性が歩いていたのだという。

　小さな橋があり、その橋の袂《たもと》に、和服姿で手には風呂敷《ふろしき》包《づつ》みのようなものを持っていて、ややうつむき加減で歩いている後ろ姿を、ヘッドライトが照らしたという。

　あんな話をしたばかり。

　ほんまにおった、とびっくりして、H さんは思わずアクセルを踏み込んだという。そのまま女の横を通過して、しばらく進むと今度は疑問が湧いた。

「今、女が歩いてたよな」

「見た」

「幽霊か？」

「わからん。でも幽霊ってほんまにおるんか？　見たところ、人やったと思うけど」

「けど、こんな山道をこんな時間、あんな恰好《かっこう》で一人で歩くなんて、ちょっと尋常やないで」

「じゃ、こうしよう。もし、あれが幽霊だったとして。この車には三人乗ってるねんで。

幽霊を乗せたら消える、というけど、その瞬間が見えるかもしれんぞ」

「そやな、もし人だとしたら、乗せてあげるべきやしな」

そんな会話を二人でして、一旦車を停めると、バックで今来た道を引き返したというのだ。すると、見えてきた。

和服姿で、手に風呂敷包みをもち、うつむき加減で歩いている女性の姿が。

その女性の真横に車を付けると、サイドガラスを開けて、助手席から話しかけてみた。

「お嬢さん、どこへ行きはるんですか？」

「はあ、この先に、私のうちがあるんです」

うつむいたまま、か細い声で女は答えた。

「何なら送って行きましょうか。行き先はこっちでいいんでしょ？」

「はあ、では、お言葉に甘えて」

と、上げた女の顔が、何もない、のっぺらぼうだった、というのだ。

だから、その瞬間、二人は悲鳴を上げて、アクセルを踏み込んだのだ、と二人は言う。

「嘘やろ。そんな話、信じいひんぞ」

Fさんは、二人に担がれた、と一瞬思ったが、二人の様子を見るとどうも、そういうことでもないようだ。

Fさんは、また後部座席に沈み込んで、外を見た。

しばらくして、あれっと思った。

さっき、うつらうつらと眠る前に見た景色のように思える。

何の変哲もない、変化のない山道ということもあろうが、同じところを走っていまいか。

しばらくすると、小さな橋が見えてきた。

その袂に、いた。

和服姿の女の後ろ姿。

ヘッドライトがしっかりそれを捉《とら》えている。

近づいていく。

うつむき加減で、風呂敷包みを両手で持って歩く若い女性。

「また出た」

Tさんのつぶやきが聞こえた。

そのまま車は女を追い越したが、車の中は氷が張りついたかのように冷え、三人はしばらく無言となった。

町の明かりが見えるまで、またあの女の後ろ姿が現れるんじゃないかと、気が気でなかったという。

# てぇすけてくりょ

ある老人と話していると、こんな話を聞かされた。
この人は、東北は秋田県出身だという。
ある雪が降り積もった日。仕事に行こうと雪道を歩いていると、
「ギャッ」という奇声が聞こえた。
「なんじゃろ?」と、声のした方向を見た。
すると、少し先に、小さなぷくぷくとした人の手が、雪の中から出ている。
「てぇすけてくりょ」
助けを求める男の声がする。
雪の中にボソッと入ってしまったのか、穴でも開いていたのか。
どっちにしても大変じゃ、助けてやらにゃ。
そう思って、手のところへ行って、手を摑《つか》んだ。
力まかせに思いっきりひっぱると、毛むくじゃらのサルが出てきた。
すぐにサルはどこかに消えた。
「わしは、何を助けたんじゃろな」

## カラカラカラ

Ａ子さんの小学生の頃のこと。

家の増築があった。

姉と二人で使っていた部屋が、北側の部屋に移った。

部屋の襖《ふすま》を開けると縁側で、雨戸を開けると道路が見える。

ある夜から、カラカラカラ、カラカラカラ、と妙な音がするようになった。

コンクリートに何かを転がしているような音だ。

それがうるさくて、眠れない。

親に言うと「縁側の下に排水管が通っているから、それじゃないのか」と言われ、水道屋さんに来てもらった。

「なんの異常もありませんよ。そもそもそんな音はしない」と言って帰った。

しかし、夜中になるとまた、カラカラカラ、カラカラカラと聞こえてくるのだ。

やっぱりコンクリートに何かを転がしている音のようだ。

それになぜ、夜中に限って聞こえてくるのか、それがわからない。

「なんだろね」と、姉と二人、首をひねった。

「見に行って見ようか」

次の夜中も音がしだした。時計を見ると、一時をさしている。

玄関から出て、道路に出た。そこから雨戸が閉まっている縁側を見る。

「なに、あれ？」

白髪の老婆が、庭先にしゃがんでいる。白い着物を着て、何かをカラカラと転がしている。

「あの音だよ」

何を転がしているのだろう。

手元を見るが、暗くてよくわからない。月は出ているのだが、ちょうど雲がかかっている。やがて雲が流れて、老婆の手元が照らされた。

「しゃれこうべ？」

つまり、人の頭蓋骨《ずがいこつ》。

一瞬、二人は固まった。

「あんなもの、見ちゃダメ」

姉に促されてそのまま玄関に戻ると、部屋に入って二人抱き合って震えた。

カラカラカラ、カラカラカラ、と音は止まない。

その後もたまに、夜中になるとその音が聞こえ、そのたびに、しゃれこうべを転がす老婆の姿を思い出しては震えていた。

ただ、いつの間にか、それは聞こえなくなったという。

# 友人への供養

京都市内に蓮久寺《れんきゅうじ》というお寺がある。住職をされているのは、怪談を語る和尚として知られる三木大雲《みきだいうん》さんである。

七年前のこと、私が怪談雑誌『幽』で連載していた「上方怪談 街あるき」の企画として、この三木和尚を訪ねた時、聞かされ、取材させていただいた話である。

「数年前のことです。高校時代の担任の先生が突然訪ねていらしたんです。『覚えてるぅ？』って、ちょっと女性っぽい先生で。『覚えていますよ先生。夏休みが終わって、二週間ほど学校をお休みになられましたね。そのことも覚えています』と言うと、その先生の顔が、途端に神妙な表情になられまして、『実は、そのことで来たのよ』と言わはって。で、先生と同年代くらいの男性二人を紹介されたんです。『僕の友達なの』って。

『お経を読んでほしくて来たの』と言わはるんです。『実は、この三人に共通したもう一人の友達がいたんだけれども、もう亡くなっているの。その友達のための供養に来たの』と。

『先生、その亡くなったお友達の事、詳しくお聞かせ願えますか』とお聞きしたら、こんな話が出たんです」と言う。

　夏休みを終えても学校へ行けず、結局二週間のお休みとなった。その原因となったのは、ある事件が関係しているというのだ。

　その年の夏休み、先生たち四人で日本海へドライブに行った。その帰りのことだという。

　ある峠道にかかった。ここを下るともう京都の町となる。

　先生が運転する先生の車。赤いセダンだった。

　すると、たまにすれ違う車が、先生たちの車に向かってクラクションを鳴らしてくる。

〈気い付けろよ〉

　どうもそう言っている。

「なんやろね。さっきから四台目よ」「なにか気になるなあ」

　この先にパーキングエリアがある。見晴らしのいい場所で、そこから京都の町が展望できる。

　三木和尚は言う。

「その峠の途中にあるパーキングエリアって、私もよく覚えています。木造の古いトイレがありましてね。いつもホットドッグを売っているワゴン車が停まっていました。私、その前をバイクでよく走っていたんで覚えています。そしたらある日から、警察の黄色いテープで封鎖されて、そこへは入れなくなっていたんです」

先生たちは、そのパーキングエリアに入り、車を停めると、降りて車を見てみた。

別に何も異常はない。

「俺、トイレ行ってくるわ」と、一人の友達が、その木造の古いトイレの三つドアのあるうちの左端のドアを開けて入っていった。

先生は、その友達の分も含めて、四つのホットドッグを買って、食べながら友達がトイレから出てくるのを待った。ところがなかなか出てこない。

「大だとしても、遅いなあ」

もうホットドッグもとっくに食べ終え、その友達の分のホットドッグだけ手元に残っている。二十分もたつと、さすがに心配になって来た。

ドアをノックする。だが、反応がない。もちろん内側から鍵《かぎ》がかかっている。

「覗《のぞ》いてみようか」

ドアの上の隙間からと、友達に肩車をしてもらって覗こうとしたが、古い三角屋根造り。屋根の端が頭につっかえて覗けない。

今度はその隙間から、石や砂を投げ落とした。

やっぱり反応はない。

心配になった。

「どうしたんや、あいつ……」

とうとう警察を呼んだ。

しばらくして、けたたましいサイレンと共に、パトカーが数台やって来た。

事情を説明すると、トイレから離れるよう促された。そして若い警官が一人、トイレに向かって行き、「おい、ドアを開けなさい」と叫んだ。

もちろん、反応がない。

何度かノックをする。「開けなさい！」

とうとう警官が「開けんかったら、蹴破《けやぶ》るぞ」と言うと、バァーンと蹴破る音がした。

途端に「わぁぁぁ」という警官の悲鳴が上がった。

先生はこのとき、三木和尚にこう言ったそうだ。

「警察って、こういうとき、蹴破って入ったら人が倒れているとか、死んでいるとか、想定して蹴破るわよね。それがね、悲鳴を上げたの。それから異常なこえになって。『うわわわわっ』って、もう明らかにパニクってるの」

パニック状態となった警官たちは「本庁に連絡！」と叫びだした。

先生たちも、たちまち警官に取り囲まれた。血相を変えた警官たちに、「お前ら、とりあえずパトカーに乗れ」と言われ、三人は別々のパトカーに乗せられると、京都府警の本庁に連れていかれたのだ。

そのまま取調室に連れていかれた。

「お前は、朝起きて、友達と会って、ドライブに行って、その帰りに峠道を通った。そしてあのパーキングエリアに入って、通報した。それまでのことを分単位で説明しろ」

そう言われて、朝起きてからのことを、記憶にある限り詳しく説明した。

説明し終えると、

「よし、もう一度、説明しろ」

と、同じ質問を何度も繰り返され、その都度説明する。

少しでも前回と異なることを言うと、

「どっちが本当のことや」と、厳しく指摘される。

そんなことが二十四時間、続いた。

こんなこともしつこく質問されたらしい。

「トイレに入った友達の爪は伸びていたか」

「髪の毛は何色だったのか」

「目の色は何色か」

これも何度も何度も繰り返し聞かれた。犯人扱いされていることはわかっていた。

翌日の夜になろうかというころ、スーツ姿の刑事が入って来た。

「すみません。お疲れだったでしょう。もう容疑は晴れました」と告げられた。

大部屋に連れていかれると、そこに疲労困憊《こんぱい》している二人の友達もいた。彼らも同じく尋問されていたのだ。

「もう、お気づきだと思いますが、お友達は、あのトイレの中で、亡くなっておられました。ところでその死因なんですが……、これが、ちょっと普通じゃないんです。私も刑事歴が長いんですが、こんなことは初めてでしてね」

困惑しながら、刑事さんは説明を続ける。

「まず、お友達は、白髪になっていました。これは、どういうことかと言うと、後ろから『わっ！』といきなり大声をあげられると、びっくりしますよね。その百倍以上のびっくりが一分以上続くと、ストレスで髪が白髪になる、それにそういう状況ですと眼圧が上がって目が飛び出すことがあるんです。お友達は、まさにそういう状態で、白髪で、眼球が飛び出して、口からは、いろんなものを戻した形で亡くなっておられたんです。よっぽど恐ろしいものを見たんでしょう。自分の爪で自分の肩から胸をかきむしっていて、胸も傷だらけでした。医学的に、これはそうとうな恐怖を、お友達は感じられたというか、恐怖に襲われたということなんです。だとすれば、これは、外部的なものだ。その恐怖を与えたのは誰だ、ということになって、まず、あなた方に疑いがかかったと、それが我々の見解だったわけです」

そう言われて、先生たちは、それで友達の髪の色や爪のこと、目の色のことを聞かれたんだと、理解した。

以来、そのパーキングエリアは封鎖されてしまったのだ。

それがあったのが、二十年前。

友達が亡くなって十年は、命日になると、亡くなった友達の家を訪ね、仏壇に手を合わせることにしていた。しかし、十年目に「もういいです。息子ももう、成仏していますから」と言われ、それからは、三人は会わなくなったのだ。

一昨日《おととい》のことだという。

先生が寝ていると「わっ！」という声が聞こえて、思わず飛び起きた。

肩に爪があたったのか、肩に引っかき傷と、爪に血がついている。

「あっ、あいつが来た！」

そう思って、久しぶりに二人に連絡を取ってみた。

三人とも、同じことがあったという。

考えてみれば、今年で二十年目。お経をあげてもらおう、ということになった。それでお寺を探していると、教え子のお寺があった、ということだと説明された。

三木和尚は言う。

「お経をあげていますとね、急に先生が泣き出したんです。『原因が分かった』と言って。

「先生、車の買い替えを考えてはったようで、赤い車を買おうとしていたらしいんです。あいつはそれを止めに来たのかもしれないって」

例の峠道。実は以前から奇妙な話があったのだ。

あの峠は、赤い車で通ってはいけない。

必ず悪いことが起こる。

あの時、先生たちが乗っていた車は赤いセダン。だから、すれ違う車の何台かが、クラクションを鳴らして警告してくれていたのだ。

この話は、にわかに信じられないものかもしれない。

ただ、私もトイレの中で、一瞬にして白髪となり、眼球が飛び出し、何を見たのか、あまりの恐怖に自らの手で肩や胸をかきむしって死んだ若い男がいる、という話は聞いたことがあったのだ。そしてそれは、都市伝説の類《たぐい》だと信じ込んでいたのである。

だがそれが、三木和尚の高校の時の先生たちの話で、実際にあったことだと聞かされ、驚愕《きょうがく》したものである。

実は、話を伺った後、三木和尚と、『幽』の編集者とともに、その峠のパーキングエリア跡に行って見たのだ。

若いころ、何度もその前をバイクで走って、覚えている、という三木和尚に道案内をしてもらったが、場所がわからず、何度もあたりを往復した。わからなかったはずである。


京都の町が一望できるパーキングエリアは、一変していたのだ。

我々がその場所に行き着いたときは、もう日も暮れかかっていた。

周囲に杉の木が植林されて、京都の町は望めない。そこは廃棄される廃材場。

当時、池とそれに沿って東屋があったというが、もう跡形もない。

「当時とはもう全然様相が違いますねえ。ここですわ。よくホットドッグのワゴン車が来ていたんです」

もう、あたりも暗くなったころ、ぼおっと浮かび上がる古い木造の長い建物がある。

有刺鉄線が何重にも張り巡らされ、その建物には近づくこともできない。

確かに、木のドアが三つ。

例のトイレだと思われる。

何もかもが取り壊されていた。

当時を思わせるものは何もない。

なのに、このトイレだけは残っているのだ。

これだけは、いかにしても取り壊せなかったのだろう。

## 今、夜中の二時半

Nさんは、中学、高校の頃、Kさんという友人の家によく遊びに行っていたらしい。
Kさんは当時、二階建ての昔ながらの古い家に住んでいた。
ある冬、部屋の中があまりにも寒い。
「おい、暖房入れろよ」と言うと、
「あのな、いっぺん、こんなことがあったんだ」
と、Kさんが、こんな話をしたことを覚えているという。
「小学校一年の時、母さんと下の部屋で寝てたんだ。
夜中、おしっこ行きたくなって、トイレに行ったんだ。
で、帰ってきて、さあ寝なおそうと、電気を消したら、突然、
『いま、よなかの、にじはんだよお』
という声がしたんだ。びっくりしてさ、思わず電気を点《つ》けたんだ。
誰もいないんだ。
で、時計を見たんだな。そしたら、明け方の五時半なんだ。で、思わず、
『今、五時半だよ』

と、言い返した。
するとまた、ゆっくりとした口調で、
『いま、よなかの、にじはんだよぉ』
と、はっきり聞こえた。
慌てて、母さんを起こしたんだ。
でも、どんなにしても、母さん、起きてくれない。
怖くて布団を頭まで被《かぶ》って、朝まで震えたよ」
その声は、聞いたこともない、低い男の声だったという。

# 二階のトイレ

二十年ほど前のことだという。

H子さんは当時高校生。ある地方都市に住んでいて、学校からの帰りはいつも駅前にある大型のスーパーマーケットにたむろしていた。

その日も仲のいい、五、六人と、マーケットの二階と三階を結ぶ階段の踊り場に座り込んで、おしゃべりを楽しんでいた。

A君が突然立ち上がり、

「俺、トイレ行ってくるわ」

と、二階のトイレに向かって下りていく。

残りのメンバーはそれを気にせず、おしゃべりを続けていたが、一人が、

「Aのヤツ、トイレ長いな」

と言った。

そういえば、あれから二十分くらい経っている。

「そのまま帰ったか、買い物でもしてるんちがう？」

と、みんなはそう気にしなかった。

「そろそろ帰ろうか」

誰かが言ったとき、

「俺、ちょっとトイレに行ってくるから、待っててよ」

M君はそう言って、二階のトイレへと下りて行った。

みんなは、またおしゃべりをしながら、M君が戻ってくるのを待った。

しばらくしてM君が、首をかしげながら三階から下りてきた。

「あれ？　あんた、二階のトイレに行ったんじゃない？」

「それが、なんかヘンなんだよ。で、トイレにこんなもんがあった」

と、手に持ったものをみんなに見せた。

PHS端末機。

当時はまだ携帯電話がこれほど普及する前で、若者たちの間で急速に流行《はや》っていたものだ。

「これ、Aのや。どこにあった？」

「トイレの中だったんだけど……、それが……」

M君は、二階の男子用トイレの個室に入ったという。

ドアを開けると、床にPHSが落ちていたので拾った。

「なんだこれ、Aのじゃん」

思わずそう口にした途端、目の端に、真っ黒い空間を見た。と、同時に、くらくらっとめまいがして、あとは覚えていない。

気が付いたら、トイレの中で倒れていた。嘔吐《おうと》しそうなほどの気持ち悪さがある。

慌ててトイレを出ると、三階のトイレだったという。

とうとう、A君は姿を現さなかったので、帰りにA君の家に寄り、家族の人にPHSを返したが、翌日A君は行方不明となり、捜索願がだされたのだ。

数年前、同窓会があって、久々にあの時のメンバーにあったが、A君は行方不明のままだということだ。

# あの子はだあれ？

Y江さんの幼い頃、近所に古いアパートがあったという。

それは、酒屋さんが経営している集合住宅で、酒屋さんの裏に位置していた。

そこの一室で、毎週の水曜日、習字教室が開かれることになりY江さんも通うことになった。

ところが、この教室に入った途端、

「やっぱりそうや。ここ、トモちゃんが住んでたとこだよね」

思わずそう声に出した。

先生や周りの子たちは、「は？　何言ってるの」みたいな空気になった。

それもそうだ。というのも、教室が開かれる前、ここは長らく空き家だったからだ。

そのことはY江さんも、承知していた。

でも、確かに……？

小学校の一年の頃のこと。

学校から帰ると、近くの公園でよく遊んだ。

その公園に行くと、近所に住む学校の友達が必ず何人かいて、かくれんぼをしたり、鬼ごっこをしたりした。そこに、いつの間にかトモちゃんという同じくらいの歳の女の子が紛れ込んでいて、一緒に遊んだりした。

ところがこのトモちゃん、どこに住んでいて、誰の子かがわからないのだ。

たいていは、田中《たなか》さんちの○○ちゃん、佐々木《ささき》さんちの××ちゃん、と子供も大人も認識するところが、トモちゃんは、ただのトモちゃんなのである。もちろん、学校内でも見かけない子だ。

ある日、いつものように公園へ行くと、トモちゃんだけがいた。

「ねえY江ちゃん。二人で遊ぼう」

そうトモちゃんに言われて、「そうだね、遊ぼうか」と、二人で遊んだ。でも、学校の友達が一人も来ない。

「Y江ちゃん。わたしんちに来ない？」

そう言われて、「トモちゃんは、おうち、どこ？」と聞いた。

酒屋さんの裏のアパートの○号室だという。

この時に初めて、お母さんとお姉さんの三人暮らしだということも、わかったのだ。

「じゃあ遊びに行く。ちょっと待っててね」

そう言って、一旦《いったん》家に帰り、母に「トモちゃんちに、遊びに行ってくる」と報告した。

「トモちゃんて、誰？」

母が聞いてくる。

「わかんない。でも、酒屋さんの裏のアパートだって。○号室」

「ヘンねえ。そんな人、いたっけ？」

母は、首をかしげながらも、たくさんのキャンディを持たせてくれた。

「じゃあ、これを持って行きなさい。そしてちゃんと、トモちゃんのお母さんにご挨拶《あいさつ》するのよ。そうしたら、お互い知り合えるでしょ。そして、何かあったら電話をかけてきてくれるはずだから」

そう言って見送ってくれた。

キャンディを持って、酒屋さんの裏のアパートを訪ねた。

そこが、今、習字教室となっているこの部屋だったのである。

トモちゃんが、嬉《うれ》しそうに迎え入れてくれる。

入ると手前が小さな台所、そして二間続きの和室。二間とも六畳。

昼間でも薄暗い部屋に、電気が点《とも》った。そこでトモちゃんと「何して遊ぶ？」と相談していると、「ただいまあ」と、誰かが帰ってきたようだ。

トモちゃんのお姉さんだった。小学、四、五年生に見えた。

「あら、トモちゃん。お友達？」

「うん。Y江ちゃんていうの」

「Y江ちゃんかあ。よろしくね。じゃあ、三人で遊ぼうか」

何して遊ぼう。考えているとまた、「ただいまあ」と誰かが帰ってきた。

トモちゃんのお母さんだった。

買い物袋をぶら下げたまま「あら、トモちゃんのお友達？」と、お姉さんとおなじようなことを言う。

Y江さんは、自分のフルネームを言うと「お菓子を持ってきました。よろしくお願いします」と挨拶をする。

「まあ、ありがとうね。じゃあ、みんなでいただきましょうか」

三人でキャンディを食べた。

しばらくして、お母さんは台所に立って、夕食の準備をはじめた。

「お手玉出来る？」

トモちゃんが言った。あんまり得意ではなかったが「出来るよ」と答えた。

「じゃあ、これね」

豆の入った小さな布袋が何個か用意された。

お姉さんとトモちゃんが、器用にぽんぽんと布袋を空中に上げながら、歌を歌い出した。

その歌が、このあたりで歌う数え歌ではない。

「あのこはたあれ、たれでしょね……」

ちょっと変わった歌やね。

Y江さんがそう思った瞬間、突然、部屋が明るくなった。まぶしい白い光が上にある。見上げると、天井が真っ白に光っている。いや、天井などない。

ただ、天井部分に真っ白な発光体があるのだ。

それは、フィルムが入っていない映写機を投影させたようなもの、だったという。

その白い光が下に降りてくる。

「あら、お手玉楽しそうね」

台所からこっちを見て、そう言っているトモちゃんのお母さんの腰から上が真っ白でもう見えない。

「あの子はたあれ、たれでしょね……」

二人の歌声はまだ聞こえているが、その二人も、真っ白い光の中にあって、だんだん消えていくのだ。

怖くなった。

「私、帰ります！」

慌てて立ち上がると、玄関まで走って、ドアを開けた。

外は、いつもの風景。しかし振り返ると、ドアの向こうにはただただ、真っ白に光っている空間があるだけ。そのままドアも閉めずに逃げ出し、家へ駆けこんだ。

「どうしたん？」

母が心配そうな顔をした。

「今、トモちゃんと遊んでたら、トモちゃんのお部屋が、消えた」

「えっ、あんた、何言ってるの？」

そう言われても、そうとしか答えようがない。

とにかく、見たこと、したことを母に説明した。

すると母はこんなことを言ったのだ。

「でもね、あそこはずっと空き家だったのよ。酒屋さんも、あそこに誰か住んでくれたらねえ、なんて、しょっちゅう言っていたくらいだから。だから、おかしいなって思ってたのよ」

トモちゃんは、それ以来姿を現すことはなかった。

母は、トモちゃんの家へ遊びに行ったことを覚えていたが、何と友達は、一人としてそんな子知らないという。あんなに一緒に遊んだのに、トモちゃんは、いないことになっていた。

このことが、Y江さんには一番怖かったことだという。

そんなことがあった翌年、今回の習字教室がその部屋で開かれることになったというわけである。

「ほんとに、この部屋にトモちゃんいたんです」

Y江さんは、習字の先生にそのことを話した。

すると先生は、こんなことを思い出したという。

「大家さんと内見ということで、この部屋を見ていると、キャンディが部屋の端にいくつか落ちていたんだ。でもそれは、近所の子供でも勝手に入りこんで、落としていったものなのかなあと思ったんだけど、大家さんは『いや、おかしい』って言ったんだよ。鍵《かぎ》はどこも閉まっているから、入りようがないって……」

話はここで終わるところだが、「そうじゃなかったんです。もっと不可解なことが起こったんです」とY江さんは言う。

「それがね、そのトモちゃんが、四年生の頃、転校してきたんです。まさにトモちゃんなんです。でも、名前はタエちゃん。『ねえ、あなた、昔トモちゃんて、言わなかった?』と聞くと『は、なにそれ』って言われて。お姉さんは、私の姉のクラスにいたんです。これも別の名前でした。それで、トモちゃんのお母さんは、授業参観の日に、別の子の親として姿を現したんです。三人とも、おそらく面識もないでしょうし、共通点もないんです」

# 野菜の切り口

私の仕事仲間のN君が、こんなことを言い出した。

思い出したんですけどね。高校の時、キャンプで飯盒炊爨《はんごうすいさん》をやったんです。

メニューは、カレーとサラダ。

僕の隣で、S君という男の子が、キュウリを切っていたんですね。

すると、F君という友達がやってきて、その包丁さばきを真剣に見ているわけですよ。

そしたら「うまいな、お前、切るの、うまいなあ」と、感心しだしたんですね。

「うまいって、ふつうにキュウリ切ってるだけやけど」

S君はそう言うんですが、やっぱりF君は「うまいなあ、やっぱりうまいわ」と言っている。その様子がどうも冗談に思えないので、

「うまいって、何を基準に言ってるん？」

S君がそう聞いたんです。そしたら、

「いやあ、ちゃんと切れんかったら、野菜から血が出てくるやん。お前、そんなこと全然ないもん」

「はあ、血？」

聞けば、F君の家では、青物のキュウリ、レタス、キャベツといったものを切ると、血が野菜から噴き出たり、赤くにじむことがあるのだそうだ。

私はこの話を聞いて、『新耳袋』に書いたある話を思い出した。

奈良県のある新興住宅地に、幽霊屋敷と呼ばれる家があって、そこに医者の家族が住んだという話だ。台所で奥さんが野菜を切っていると、野菜から血が噴き出したり、にじんだりしたというものだ。

「そのF君て、どこの出身?」

私がN君にそう聞くと、

「さあ、どこやったかは詳しくは知りません。地元は奈良ですけど」

という返事だった。

# 神隠し

元警察官のＩさんの子供のころの体験談だという。

当時十歳。五十数年前のこと。

Ｉさんは、山梨県の標高千二百メートルほどの山間部の集落で生まれ育った。

ほんとに小さな村だった。

東西に向かって、幅六メートルの県道が走り、その周囲に民家が点在している。

Ｉさんの実家は、県道の南側。まわりは畑と田んぼに囲まれている。

向かって、県道の北側には、一歳年下のＡ子ちゃんの家があった。

Ａ子ちゃんの家は、雑木林に囲まれ、東側に道祖神を祀《まつ》る祠《ほこら》があった。

この二軒は、お向かい同士だったが、他の家はそうとうに歩かないといけない。


ある日のこと。

学校から帰ると「あそぼ」と、玄関からＡ子ちゃんの声がした。

「あそぼうか」

Ｉさんも外に出て、二人で一緒に、家の前で石蹴《いしけ》りをして遊んだ。

そのうち、日も暮れだした。

Iさんのお母さんが出て来て「A子ちゃん。もうお帰り」と声をかけた。

「うん」とA子ちゃんは立ち上がって、「またね」と手を振ると、くるりと背を向けて、県道を渡りだした。

その後ろ姿を見て、Iさんも自分の家の玄関戸を開けた。

しばらくして、「ごめんください」という声が玄関からした。

A子ちゃんのお母さんのようだ。

Iさんのお母さんが対応する。

「うちの子、お邪魔してませんか」

「えっ、どうされたんですか？」

「娘が帰ってこないんです。Iちゃん、一緒に遊んでくれてましたよね」

そんなやり取りが聞こえたので、Iさんも玄関に出た。

「おばさん。僕、さっき別れたよ。A子ちゃんに、またねと言うと、そのまま家の方向へ帰って行ったよ」

「ほんとに？」

「ええ。私もA子ちゃん、お宅の玄関へ向かって行くの見ましたよ」

「じゃ、うちの子、どこへ行ったんでしょう？」

「奥さん、一緒に捜してみましょう」

周辺を捜してみたが、A子ちゃんの姿はどこにもない。

意見が出る。

こんな山中の寒村だ。よそ者が来て、誘拐したということは考えられない。

第一、村の者は顔見知りばかりだから、よそ者が来ると目立つはずだ。

では、なんだ？

当時のこと、村には電話がない。町の警察を呼んでも時間がかかる。

とりあえず、警察を呼びに誰かに走ってもらう。

消防団員の招集もはじまった。

すると、いきなりA子ちゃんのお母さんが立ちあがり「A子、A子！」と叫びながら家を飛び出した。そして雑木林へと走っていく。

「奥さん、そっちはもう、さんざん捜したよ！」

慌ててみんなは、A子ちゃんのお母さんを追いかけていく。

「あっ！」

A子ちゃんがいた。雑木林の中で、うずくまっている。

「A子！」

お母さんがそのまま抱き上げた。

生気のない真っ白な顔。だが、へらへらと笑っている。

お母さんが平手でその頬を叩《たた》くと、ぱっと生気が戻り、安心したのか、A子ちゃんはお母さんの腕の中で、大声で泣きだした。そのままA子ちゃんは負んぶされて無事、家に戻った。

その始終を見ていた村人たちは「よかった、よかった」と胸を撫《な》でおろした。

その一方で「これは妙だ」という気持ちも残る。

A子ちゃんがいなくなって、一時間半。その間、あの雑木林はしらみつぶしに捜した。そのときはA子ちゃんはいなかったのだ。

それが？

ただ、雑木林に道祖神の祠があって、村人たちの信仰を集めている。

「ひょっとしたら、道祖神さまの御利益かもしれんな」と、村人たちは、勝手に納得したのである。

この話をしながらIさんは言う。

「これで思い出した話があるんです。そういえば子供のころ、村の年より連中が、暗くなるまで遊んでいたら、隠し神が来てさらっていくぞ、と言っていたんです。私、長年警察をしていましたからわかるんです。世の中で神隠しといわれているほとんどは、実は借金とか人間関係のもつれといったことで、夜逃げをした、ということなんです。でも、この件だけはわからない。不可解です。ひょっとしたら、ほんとに神隠しは、あるんじゃないかと思うんですよ」

# 雷様

東京でＯＬをしているＩ子さんの実家は大阪である。

実家で父が一人暮らしをしているが、最近足を悪くして、車イスの生活となった。そこで、介護のために一時的に実家に戻った。

その春のこと。

天気も良く、ポカポカと暖かくなってきたので、父の車イスを押して、散歩に出かけた。

大阪市内の公園を散策していると、急に空が曇ってきて、ゴロゴロと雷も鳴りだした。

「お父さん。これ、一雨来るね」

Ｉ子さんは近くにあった高層ビルに入り、車イスを押してエレベーターに乗り込むと、最上階へのボタンを押した。そこに行きつけのカフェがあるのだ。

窓際の席に通された。

窓からは、周りのビルの屋上が見え、各々のビルには避雷針があるのがわかる。

強い雨が落ちてきた。雷も本格的に鳴りだした。

パッと空が光ったかと思うと、ものすごい音が轟《とどろ》く。

空のあちこちが光って、稲妻が走る様子にしばし見とれて、綺麗《きれい》だな、と思う。

と、向かいのビルの避雷針のあたりに、一人の男がぽっと現れ、避雷針の上に立ったのだ。

（えっ、あれ、何？）

男は水干を着ていて下は括袴《くくりばかま》、頭には烏帽子《えぼし》を被《かぶ》っている。すると、避雷針がビビッと光った。と、男は隣のビルの避雷針へぴょ〜んと飛んで、その避雷針の上に立つ。

するとまたその避雷針がビビッと光る。

はっと我に返って、「お父さん、あれ何？　見える？」と、窓の外を指さした。

「ああ、あれは雷様や」

「お父さん、雷様って、知ってるの？」

「ああ、雷様はな、ああやって、時々出はるねん」

父にそう言われて、ああ、あれが雷様なんだとなんとなく納得していると、男はもう姿を消していた。

雨も上がったので、ビルを出た。

車イスを押しながら「ねえ、お父さん。あれがなんで雷様やとわかったの？　今までも見たことあるん？」

すると「なんのことや」と訝《いぶか》しがられた。

父は、そんなものを見たことも、言ったことも、一切記憶になかったそうだ。

# 神の子

ある人の叔母《おば》さんにあたる人の話である。

その叔母さんに、子供が生まれた。

玉のような男の子。誰が見てもかわいい顔をしている。そして、聞き分けのいい、手のかからない子だった。叔母がよく自慢していたらしい。

ただ、不思議と空をよく見上げていることが多い子でもあったらしい。

おばあさんがこの子を見て「この子は神の子や。三歳までは気をつけて大事に育てんと、神様に取られるぞ」と言う。

普段から、ちょっと非日常的なことを言うおばあさんだったので、叔母さんは、大事に育てたが、神様云々《うんぬん》については、あまり気にしていなかったのだ。

しかし、ことあるごとに「ほんまに気をつけんと、神様に取られるぞ。この子はあんまりかわいいから、神様が取っていこうとしている。三歳になるまでは、けっして目を離すなよ」と言う。

この子の三歳の誕生日の前日。ダンプカーに轢《ひ》かれて亡くなった。

キッチンにいた叔母さんが、ちょっと目を離した隙に、一人で玄関のカギを勝手に開けて外に出た直後の事だった。

葬式の日、叔母をひどく叱っているおばあさんがいたらしい。

「お前のせいだ。あれだけ言ったのに。あの子は神様に取られてしもうた」

それが本当だとしたら、神には人の持つ情けというものがないんだと思った、とその話を聞かせてくれた人は言った。

## 陰陽師《おんみょうじ》

学生時代を京都で過ごしたというMさん。

学内に気になる男がいたという。

背中まで伸びた髪の毛を後ろで束ね、髭《ひげ》も伸び放題。ただし、身なりはいい。だから、妙に目立つのだ。

ある日、声をかけてみた。

「君、何年生？　どこの学部？」

Mさんの後輩で、経済学部だという。

「なんでそんな恰好《かっこう》、してるの？」

「あの、キリスト教系の大学でこんなこと言うのもヘンなんですが、実は僕、陰陽師なんです」

と言う。

「陰陽師？　えっ、それってなに、あの安倍晴明《あべのせいめい》がどうしたとかいう、あれ？」

「そうです」

Mさんは、たちまち興味を持った。

「そんな仕事、今もあるんや。で、活動してるの?」

「実は、親父が陰陽師でしてね。僕は修行の身というか、まだ正式な陰陽師というわけではないですけど、弟子として、親父と一緒にいろいろと活動はしています」とその男は言う。

「それに、こういうことは、表立ってはしないんです。普段はわからないように正体は隠していますし」

「そんなこと、俺に言ってもええの?」

「別に大丈夫ですけど」

聞くとどうやら、代々陰陽師としての血をひいているらしい。

ただし、京都の人間ではないという。

「だったら呪いとか祟《たた》りとか、そんなこと扱うわけやろ。なんかそんな話、聞かせてよ」

そうMさんがせがむと、「そうですねえ……」と考えて、「このあいだ、こんな相談がありましてねえ」と、陰陽師だという若い男から、こんな話を聞かされた。


電話がかかって来た。

彼の家には、電話回線が二つあるらしい。一つは一般人として電話帳にも記載してある回線。もう一つは、陰陽師として使用している回線。こちらは、この家の者が陰陽師であると知っている人からしか掛かってこない。だからめったに鳴ることはない。

その電話が鳴っている。父親が出た。

「どちら様？　どうしてこの番号を知っているんですか？　誰からお聞きになりました？」

父がそうしつこく尋ねているからには、一見《いちげん》さんである。

そのうち、相談を受けたようで、父の表情も険しくなる。

「わかりました。お宅はどちらですか？　ではすぐ伺います」と電話を切ると「おい、出かけるぞ。お前も支度してこい」と言われた。

父の運転する車に乗り込むと、こんな相談を受けたと聞いた。


中年のSさんという男性からの電話だった。

Sさんの家の前には、木の鳥居があるという。お酒をよく飲んでは酔っぱらって帰ってくるSさんは、酔った勢いでその鳥居に立ち小便をしたこともあったらしい。

ところが、一週間ほど前のこと。

早朝、家の前が騒がしい。

「誰やこんなことしよったんは」「罰あたりなこっちゃ」

そんな声がする。近所の人たちらしい。

やがて玄関のチャイムが鳴った。

出てみると、やはり近所の人たちが集まって、神妙な顔をしている。

「あんたか、こんなことしたんは！」

「なんのことです？」

見ると、鳥居がない。いや、倒れた鳥居がそこにある。

「誰かが鳥居を切り倒したんや。あんたと違うやろな」

確かに酔って帰ったが、そんな覚えはない。即座に否定した。

「けど、あんたの家の前やで。夜中に人の気配なり、切る音なり聞いているはずやろ」

「すんません。酔って帰ったもので、気が付きませんでした」

その時、わずかな記憶が蘇《よみがえ》った。

鳥居をノコギリで切った覚えがある。

みんなが帰った後で、納屋に行ってみた。

あった。鳥居の塗料がついているノコギリが。

「あちゃー、酔って切ってもたんや。どないしょ」

しかし、誰にもこのことは言わなかった。

その二日後、まず母親が急死した。朝、何の前触れもなく、寝床で息を引き取っていたのである。葬式の準備中、二人の娘のうちの一人が交通事故死。これも急死。二日後、もう一人も交通事故。これも急死。葬式が続いた。

「一晩の過ちでした。許してください」と、懸命に神社に懇願した。

そして一昨日《おととい》、妻が首を吊《つ》って自殺。

気が付いたら、家に一人だけになってしまった。今度は自分の命も取られるだろう、なんとか助けてください、そういう相談だったという。

「まあ、陰陽師として、やるだけのことはやってみるが、神様に触ったらどんなことになるのか、お前も見ておけ」と言われた。


Sさん宅を訪問した。

「へへっ、俺、だいじょうぶっすかねえ」

Sさんは、へらへら笑っている。だいぶ、頭もおかしくなっているようだ。

「やるだけのことはやってみます」

父と二人で、凶威調伏の祓《はら》いを行い、符呪を施した。

しかし、帰り際、父が「まあ、救えることと救えんことがある。もう、あの人の命もあと二日か三日やな」とボソッと言ったのが聞こえた。

二日後、Sさんは亡くなった。

どうしても対処できない事例がある。それは、神に触れてしまったことだと、父に教えてもらったと、若い陰陽師は言った。

# 蔵の中

S子さんは幼少の頃、鳥取市の郊外にお母さんと二人で暮らしていた。

母親の細腕で育てられたのだが、それだけに母親は出稼ぎをしたりする。そんな時は、S子さんは、祖父母の家に預けられた。

同じ鳥取県だが、山間の寒村。

預けられると、畑仕事を手伝ったり一人で家の庭先で遊んだりした。村には、同じ年頃の子供がいないのだ。しかし、やさしくて、いつもにこにこしている祖父母のことが大好きで、けっこう楽しく過ごしていた。


ある日の正午のこと。

祖父母が、町に出かけるという。それで、一人での留守番を頼まれた。

別にすることはない。お客も来ない。ただ、

「火の元だけは気を付けてくれよ。すぐ帰るからな」

と言われた。

軽トラックに乗って、出ていく祖父母をS子さんは見送った。

すぐに庭先に出て、一人で遊んだが、ものの三十分もたたないうちに、することが無くなった。それである場所へ行ってみた。

庭の奥に蔵がある。

祖父母は「裏の納屋」と言っていたが、蔵のような立派な造りで、この古びた建物の中はどうなっているんだろう、何が入っているんだろうと気になっていたのだ。

しかし祖父母には、「あそこには絶対に近づくな」と常々言われている。

今、その祖父母はいない。

好奇心にまかせて、蔵の前へ行ってみた。

と、いつもは錠がかかって、ぴったりと閉じている大きな観音開きの扉が、少し開いているではないか。

誘われるように、中へと入った。

中は薄暗く、埃《ほこり》のにおいが鼻をくすぐる。

手前に、ムシロを被《かぶ》った農作業用の道具。奥には古い着物ダンスが三竿《さお》。

上を見上げると、ぐるりと通路が巡っていて、柵《さく》がしてある。

照明は何もないが、どこからか漏れる太陽の光だけが、蔵の中のものの存在を見せてくれている。と、ハシゴを見つけた。

ハシゴを伝って二階へと上がった。

埃だらけの通路の奥に人がいる。

こちらに背を向け、壁によりかかるようにして座っている女の子。

その背恰好《せかっこう》を見て、自分と同じ年頃の女の子であることが分かった。

不思議なのは、そこには明かりもなく、真っ暗なはずなのに、その風貌《ふうぼう》がはっきり見えたことだ。

おかっぱ頭、刈り上げたうなじ。赤い着物の袖《そで》からは、白い腕がでている。それに赤いこっぽり下駄。

怖い、という感覚はなかった。むしろ、同じ年頃の女の子がいるという嬉《うれ》しさがあった。

「この村に住んでるの？」

そう声をかけてみた。返事がない。

「名前、なんていうの？」

やっぱり返事がない。こっちを振り向くでもない。

ちょっと近づいて、また、

「この村に住んでるの？」

すると、「うん」という返事があった。

お友達になれる、そんな嬉しさが込みあげてきた。

「ここのおじいちゃん、おばあちゃんのこと、知ってるの？」

「知ってる」

また近づいた。二メートルほどの距離。あの子の隣へ行ってみよう、そう思ってそっと、もう一歩踏み出そうとしたとき、

「これ以上、来ちゃダメ！」

と、強く言われた。

「どうしてダメなの？」

それには答えてくれない。ちょっとした沈黙が流れた。

その時、祖父が自分を呼ぶ声がした。

「おじいちゃん、帰ってきた。私を捜している」

近くの小窓を開いて外を見てみた。

外は真っ暗だ。

「えっ、今、何時？　さっきまでお昼だったよね」

叱られる！　帰らなきゃ。

いそいでハシゴに戻って、下りかけた。

「明日《あした》いる？」

そう赤い着物の女の子の方へ声をかけた。

「いる」

そう答えがあった。

「じゃ、明日も遊ぼうよ」

すると、

「明日は、いいとこ連れてってあげる」という返事があった。

蔵を出て、慌てて母屋に駆け込んだ。

心配していた祖父が、だまって抱きしめてくれた。

「どこ行ってたんや。ごはん、できてるよ」と、祖母も心配そうな表情を見せた。

ご飯を食べながら、さっき裏の納屋に入ったことと、そこに同じ年恰好の女の子がいて、会話をしたことを話した。

すると、ご飯を食べていた祖父母の箸《はし》が止まり、いつもの穏やかな表情が消えた。

「いつや」

祖父が聞いた。

「さっき」

「どんな風貌やった?」

見たままのことを言った。すると祖母が、祖父の耳元に口を近づけ、

「出た」

そう言ったのが聞こえた。

「ちょっと来なさい」

祖父に腕をつかまれ、そのまま庭に連れていかれた。そして蔵の前に立たされた。

やっぱりこの中に入ったことをとがめられるんだ、と覚悟した。

するとと祖父は、おちついた声で、

「この中で女の子、見たんか」

と聞いた。

「うん」

腕をひっぱられたまま、一緒に蔵へ入った。

中は漆黒の闇。祖父は近くにかけてあった懐中電灯を手にすると、ハシゴを登り始めた。S子さんも後を追って、ハシゴをつたっていく。

女の子はいた。

背中をこちらに向け、やはり壁にもたれたようにして座っている。

祖父は、ハシゴを登りきって、その少女のところへ行くと、片足をついてその少女をぐっと抱きしめると、その耳元に何かをささやきかけた。

すると、けっしてこちらに向けなかった顔が、動き始めた。こちらを向こうとしている。

やがて、正面を向いたその顔は、まったく凹凸のないものだった。

のっぺらぼう……。

いいや、よく見ると、それは木彫りの人形だ。人形に赤い着物を着せてあったのだ。いや、違う。あれは、人形ですらない。ただの丸太だ。

ただの丸太の木に、着物が被せてあるだけだ。

そんな丸太の木に向かって、祖父は、S子さんを指さしながら何かを言っているのだ。

耳をそばだてた。

「あの子はダメやからな。あの子は連れて行ったらダメやからな」


しばらくして、二人は蔵を出た。

「もう、あそこに近づくんじゃないぞ」

温和な表情で、祖父はそう言った。

もちろんあれからは、あそこへは近づいてもいない。

## うどん屋

Nさんという、修験者の体験談である。

三十年ほど前のこと。

托鉢《たくはつ》の修行を行った。

お師匠さんから、一万円だけいただく。これが修行時の全財産となる。

京都の大徳寺《だいとくじ》を出て、何日もかけて和歌山県へと歩く。そして、和歌山港から船に乗って、徳島県の小松島《こまつしま》港に着いた。

港に着いた時には、もう手元に三十円しか残っていなかった。

しかし、修行はこれからだ。

鳴門《なると》市の霊山寺《りょうぜんじ》を起点に、四国八十八ヶ所を巡る。

お遍路の通る道といえば、今は日本遺産に認定され整備もされたが、当時は険しい獣道を行った。いや、獣も通らないような場所をひたすら歩く。

山の中へと、ずんずん入って行くが、そんなところに人はいない。よって托鉢もできない。

一週間ほど何も口にしないで、それでも歩く。

実は、Nさんは元自衛隊員で、レンジャー部隊にいた人だった。きつい訓練もあって、飢えたこともあった。そんな時は、虫でもなんでも口に入れたが、この時は仏法の修行である。殺生はご法度。ただ、湧き出る水を口にしただけ。

とうとう、精神的、肉体的な限界が来た。

一歩踏み出すことがもう辛《つら》い。しかし、歩く。辛い。歩く。

もう、生と死の境目を感じ出した。

そんな時、目の前に赤い橋が現れた。手前に大きなブナの木がある。

ふらふらになりながら、その橋を渡った。

渡ると、一軒のうどん屋があることに気がついた。

覗《のぞ》いてみた。

カウンターがあるだけの小さな店。

一人の男がカウンターの前に座って、酒を飲んでいる。そのカウンターの向こうに、お店の大将らしき人がいる。

だが、こっちは一文無し。

だが、我慢の限界だ。

ふらふらっと中へ入って行って、大将に声をかけた。

「すみません。私は托鉢の修行の者です。この通り一文無しです。この一週間、水しか口に入れていません。うどんの出し汁でいいですから、いただけませんか」

すると大将は、

「修行のお人。汁だけと言うな。うどん、食っていけ」

そう言って、うどんを食べさせてくれて、おにぎりも作ってくれた。

Nさんは言う。

「このうどんが、本当に美味《おい》しかったんです。出しはコクがあって、うどんにはコシがある。あれ以上美味《うま》いうどんは、食べたことがありません。そして、美味しいだけじゃない。一口食べることで、ぐんぐん元気が出てきました。そして、活力も湧いてきたんです」

食べ終わって、「ありがとうございました。この御恩は、けっして忘れません」

そう頭を下げると、

「修行の人、役行者《えんのぎょうじゃ》を知ってなさるか」

と、大将が聞く。

「もちろん、知っております」

役行者、七世紀、飛鳥《あすか》時代の人で、こうした修行僧の開祖である。

「そうか。お前さんもな、一生懸命修行したら、雲の階段を見ることが出来るからな。がんばれよ」

と言われた。

その一ヶ月後、無事九十日の修行を終えることが出来た。

満願成就である。

そして、本山に戻って、お師匠さんに報告した。

同時に、あのうどん屋の大将にお礼がしたい、そう思った。

ある日、車を運転して徳島県の山奥へと向かった。以前、歩いて踏破したあの山へ入るのだ。

記憶を辿《たど》って車を走らせているうちに、あの赤い橋を見つけた。大きなブナの木もある。

間違いない、ここだ。

ところが、橋を渡ってもうどん屋がない。

「おかしいな、道、間違えたかな?」

一度戻って、また赤い橋へとやってくる。ここから、渡る。ない。

しかし、このあたりにうどん屋があったことに間違いはない。

「ひょっとして、潰《つぶ》れたのかな?」

いや、それにしても建物があった形跡もない。

そこに、一人の山の作業員らしき男が、こちらへ下りて来た。

「すみません。お尋ねしますが、このあたりにうどん屋さんは、なかったでしょうか?」

そう男に声をかけると、男はけげんな顔をして、

「こんな山奥に、うどん屋なんかあるわけない。第一、水道も通ってないで、どうやって、湯、沸かすんや」

言われると、そうだ。

「実は……」と、あの時のことを話した。

「そのお礼をしたくて、やって来ました」

それを黙って聞いていた男は、ポツリとこんなことを言った。

「あのな、そんな話、たまに聞くわ。みんな、あんたと一緒や。托鉢の修行僧でな。あんたと同じことを言って、お礼に来たと言いよる。けど、わしら地元のもんは、そんなうどん屋なんか、見たこともないわ」

「あれからもう何十年と経ちますが、未《いま》だに雲の階段は見たことがありません」と、Nさんは笑った。

# みさよちゃん

みさよ、というのは仮名である。今はＯＬをしている女性の体験談である。

彼女は、田舎で生まれ、田舎で育った。

両親は共稼ぎをしていて、あまり家にいなかった。友達もいなくて、学校から帰ると寂しくってしょうがない。だから、近所の神社が遊び場だったという。

たった一人で、地面に落書きをしたり、縄跳びをしたりした。

小学二年のことだった。

いつものように、神社で一人、絵を描いて遊んでいると、

「み～さよちゃん」

と、自分を呼ぶ声がした。

思わず手を止めて、「なあに？」と顔を上げた。

し～んとした、黄昏時《たそがれ》の境内。

誰もいない。

「うん？」

また、地面にお絵描きをする。

「み～さよちゃん」

「はあい」

やっぱり誰もいない。

だが、確かに呼ぶ声はした。同じ年頃の女の子の声だ。

また、地面に向かってお絵描きをする。

「み～さよちゃん」

「み～さよちゃん」

「み～さよちゃん」

「み～さよちゃん」

「み～さよちゃん」

呼ぶ声が増えてくる。

そのたびに「はあい」と返事をするが、さすがにこれはおかしいと思った。

それでも、「み～さよちゃん」と呼ぶ声は止まらず、その声も四方八方からするのだ。

「はあい」

何だか、返事をするのが面白くなってきた。

「はあい」「はあい」と、その声に返事をする。

すると社務所からおばさんが出てきた。

「みさよちゃん、何してるの？」

「うん、誰かに呼ばれたからお返事しているの」

「誰かって？」

「わかれへん」

するとおばさんは、「うちにイチゴがあるから、食べていき。そんで、食べたらお帰り」と言って、社務所に入れてくれてイチゴを食べさせてくれた。

翌日、またこの神社で一人遊んでいると、また、

「み〜さよちゃん」と呼ぶ声がした。

「なあに」

すると、

「昨日はおもしろかったね」と、真上から声が聞こえたかと思うと、

「ケタケタケタケタ」と、大勢の子供の声が神社の境内に響いた。

でも、誰もいない。

さすがに怖くなって、逃げ帰ったという。

# 式神

Eさんという怪談好きの女性がタクシーに乗った時、

「運転手さん。なんか不思議な体験とかないですか？」と聞いてみた。

すると運転手は、「不思議な体験？　そうねえ」と間があって、こんな話が出たという。

「ちょっとこれ、なんなのかわかんないんですけどね。

僕が若い頃、隅田川《すみだがわ》沿いで見たことがあるんですけどね。

その時は春で、桜並木がきれいな一帯で、そこを車で通ったんです。その時にねえ……。

お客さん、ヒトガタってわかります？　和紙をヒトガタに切って作ったような、ペラペラッとしたものでね。

信号待ちしていると、僕の車の横をそのヒトガタの紙が、ひどく楽しそうにふわふわっ、ひらひらっと、空中を歩いて行ったんです。

最初はね、風にでも吹かれて飛んでいるのかなと思ったんですけど、どうもそんな感じじゃない。明らかに、人が歩くように、ふわふわって、しかも楽しそうに僕の車の横を通り過ぎて行ったんですよね。しばらくして、青信号に変わったので車を発進させたんですけど、運転していて、ふと考えたんですよね……。お客さん、ヒトガタって、何に使うのかわかります？」

そう聞かれてEさんは答えた。

「そうねえ、例えば息を吹きかけて厄を落とすとか」

「でも、もう一つ、使い方があるじゃないですか。呪いに使いますよね。あのヒトガタの紙って、あんなに楽しそうにして、誰かを呪いに行く途中だったのかも知れない。そんなものが、僕の横を通った。帰り道、それを思うと急に怖くなりましてねえ。一人暮らしのアパートへは帰らずに、友達のところに泊めてもらったんですよね」

# 不動産

ある不動産会社で聞いた話である。

取り扱い物件で、ヤバイ物件て、ありますか、という質問をしてみた。

「うーん、そりゃ、ありますね」と言う。

「それはやっぱり、最近事故物件サイトなんかにある、自殺とか殺人事件があったとか、ああいうものですか」

すると、「いやあ、殺人や自殺、火事なんて、ああいうのは大丈夫なんですよ。一番扱いたくないのは、神社の跡なんですよ。あのね、家を買うときは、古地図で調べてから買わないと、エライことになりますよ。日本は最近、古い神社とか潰《つぶ》されちゃって、何もなかったように更地にして、宅地になって売られていますけど、こういうのを買うと、ほんと、悲惨ですよ」と言う。

「悲惨とは、例えば？」

「場所は具体的には言えませんけどね。うちが以前扱っていた物件がね、そういう場所でして、そこに住んだ人は、漏《も》れなく死にましたよ。漏れなく、ですよ。それこそ、病気、事故死、自殺。一、二年のうちにそこの住人、みんな死んじゃってね。で、空き家になって、誰も住まなくなったんです。もう、こんな物件扱っているのが嫌になりましてね。紹介したくもないし、とうとううちは手を引いたんですよ。するとどうなったと思います？ その土地を買った管理会社の人、首くくってね。今は更地になっていますよ」

その話を聞いて、思い出した話がある。

ある怪談ライブを終えて、お客さんと談笑していると、「中山さん、ちょっと相談があるんですけど」と、馴染《なじ》み客のTさんに声をかけられた。

「実は、僕の知り合いが、悲惨なことになっていまして。霊障かなと思うんですけど」

と言う。

「怪談はしますけど、霊とかはわからないですよ」と答えたが、Tさんは話をやめない。

「知り合いはそれまで会社の経営をしていて、けっこう金持ちだったんです。会社もうまく回ってたみたいで。で、最近引っ越したんですよ。そしたら、途端に会社が、倒産の危機らしくって。彼の家族もここ、何ヶ月かで、奥さんが亡くなって、長男、長女が亡くなって、今、一人になって。今入院しています。急にこれって、おかしいですよね」

気になることがあった。

「その引っ越した家って、どんなところにあるんですか？」

すると、Tさんはスマホを持ち出し、グーグルマップでその家を指示した。

あっ、と思った。

上空から見たその家の玄関を出ると、国道が横切っている。国道を渡ると正面は神社。鳥居もある。

この国道が通る前、この家の建っていた場所は参道だったことは明らかだ。

参道、つまり神様が通る道を塞《ふさ》いだ形で、家が建っていたのだ。

# 生かしてもろとる

K江さんが、母から聞いた話だという。

ある島に住んでいる知り合いから、

「ねえ聞いて。うちの前の家がね。火事になって全焼したんよ」と聞かされた。

全焼したという家は、海を背に建てられたもので、知り合いの家はそのお向かいにあたる。

「あんたの家は大丈夫やったん？」

思わず母は聞いたらしい。

そこは、乾いた海風が陸に向かって吹く場所で、風にのるとすぐ火が延焼する。

「それがね、海風は来とったんやけど。火の粉は来たけど、全然うちは燃えんかったんよ」

「そんなことって、あるん？」

すると隣にいた息子さんが、「おう、うちは、生かしてもろとるけん」と言った。

「どういうことなん？」

この島には海神様が祀《まつ》られる神社があり、特殊な儀式が毎年執り行われることになっている。

島の住民で、二十歳になる男子が集まり、その中で代表者を決め、その家から神社まで、神輿《みこし》を担いで練り歩くのだ。

いつもは無人のその神社も神主さんが来ていて、若者たちと一緒に、海神様に感謝の祈りを捧《ささ》げて、海難事故がないようにとお祀りをするのだ。これは昔からの、島の風習である。

ところが、「今時、神信心なんて」という家も出てくることになる。

ある、村の有力者が「もうそろそろ、ああいうことは止めにせんか」と言って、儀式に参加しなかったことがあった。

ところがその年、その家の男子全員が、海難事故で亡くなったということが起こった。

翌年は、村会議員を何人も出しているという有力者が「うちは盛大にやるぞ」と、儀式を全面的にサポートした。するとその年は、島民が海難事故に遭うことは、一件も無かったのだ。

それでも「そんなことは偶然や。うちはそういうことには反対する」と、反対派のリーダーをしていたのが、そのお向かいさんだったというのだ。

息子さんはこうも言ったという。

「あんなことするけん、海に殺されたんよ。うちは海に生かされとるけん」

# 神様の通る道

E子さんが勤める会社は、日本各地の町おこしの支援をしているという。

これは飲み会の席で、上司から聞いた話だそうだ。


ある町から要請があった。

現地へ行くと、担当者から町長を紹介された。

いろいろと話をした。

「この町の、面白いとこがあったら、連れて行ってくださいよ」

町長にそう言うと「だったら、見せたい場所があります」と、車に乗せられた。

行ってみると、なんのことはない、普通の町の風景があるだけ。

ただ、この町は海沿いにあって、狭い土地に、家がひしめきあって建っている。背後には丘があって、神社がある。

「ここが、あんたに見せたい場所です」と、町長は言う。

「確かに綺麗《きれい》な風景ですけど、面白いというのは？」

「じゃあ、こっちへ行きましょうか」と、神社の前に立たされた。

頭の上に鳥居がある。

「ここから海の方向を見てみなさいよ」

……よくわからない。

「わからないかなあ。地面を見てくださいよ」

よく見ると、前方にいくつかの建物の基礎の跡がある。

「あのあたり、家が建っていたんですか？」

「うん。ここ、以前町おこし、というやつでね。うちの町が新しい家を六軒建てて、都会から若い家族に来てもらって、住んでもらったんだよ。その家の跡なんだけどね」

「はあ。それ、いつのことです？」

「十年ほど前の事ですよ。でも、みんな死んじゃってね」

「は？　死んだ？」

「だってさ、よく見てみなさいな。ここ、神社で鳥居だろ。ここの神様って、海から来るんですよね。その神様の通り道に家建てちゃったんですよね。そら、死ぬよね。私は当時、町長ではなかったけど、反対したんだよ。でも、役場のやつらが、ここにしか土地がないからって、言うこと聞かなかったんだ。で、家を建てて、若い家族に来てもらった。

そしたら十年のうちに、そこに住んだ六家族、全員死んだんだよ。みんな若かったし、子供もいた。それが全滅。町役場の人も、さすがにこれは怖いと思って。それで家を全部壊して、基礎だけが残ったというわけですよ」

「それ、その後はどうしたんですか？」

「これはもう、うちのタブーですからね。誰も話さないし、触れない。でも、あんたが面白いところあったら連れて行って、っていうから、見せたんですよね。要は、町おこしするにあたっては、絶対に神様の怒りに触れないように、ってことですよ」

そう言われたという。

上司は続けてE子さんにこう言ったそうだ。

「これって、うちの町にヘンなことするなよっていう、おどしかなと、深く勘ぐっちゃって。なんか怖くなったよ」

# 邪鬼の正体

沖縄出身のUさんの話である。

もう四十年も昔、四歳の頃のことで、本人はまったく記憶にないが両親は覚えていて、たまにこの話が出るという。

沖縄の、ある地に物件を見つけた。

一軒家で、家そのものは新しく、広々としていて、見晴らしもいい。

「ここ、いいね」

両親は即決し、Uさん一家は、ここに引っ越したのだ。

ところが、新居に入った途端、Uさんは突然泣きだして、泣き止まないのだ。熱があるわけでもない。しかし、Uさんはまるで火がついたように泣き続ける。

両親が医者に連れて行こうとして、Uさんを車に乗せて家を出ると、泣き声がピタリとやんだ。

医者に見せても、悪いところはなく健康であるという。

家に戻ると、途端に泣きだす。

それも、家の敷居をまたいだ途端に泣きだすのだ。

そして、また家を出ると泣き止む。
これの繰り返しだ。
「お前、なんでそんなに泣いてるんだ?」
お父さんにそう聞かれて、
「ここは怖い、怖い」と泣き叫ぶ。
「何が怖いんだ?」
そう言われて「首のない牛がいる」と、Uさんは泣き叫んだというのだ。
もちろん、そんなものはいない。
だが、家を出ると、やはり嘘のように泣き止むのだ。
知り合いを通じて、ユタに来てもらった。
すると、「ここは邪鬼がおるから、絶対にここに住んではいかん」と言われた。
そう言われると、なんだか気持ちが悪くなった。
家族はすぐ、そこを引っ越したのだそうだ。
以後、その家に住む人はなく、そのうち壊されて、今は公園になっているらしい。

このことを聞いた怪談好きのMさんが、友人の話としてフェイスブックに書き込んだ。
するとすぐに、地元で怪談を蒐集《しゅうしゅう》しているという、Gさんからコメントがあった。
沖縄では知られる、首切り牛、地元ではクイキリウシという妖怪《ようかい》ではないかという。

## くだん

今はミュージシャンをしていて、全国規模で活躍しているYさんの、小学一年生のころの話である。

夏休み、お母さんの故郷である広島へ行った。

その夜の事である。

なぜか眠れずに、寝返りばかりをうっていた。

すると、さっきから、自分の名前を呼ばれていることに気がついた。

（誰かが、僕を呼んでいる……）

耳を澄ませる。

どうやらその声は、庭の方からしているようだ。

起き上がって部屋を出て、裏口の木戸を開けた。

確かに、名前を呼ぶ声がする。

懐中電灯を持って、庭に出た。

あたりは真っ暗で、なにも見えない。しかし、やはり声は聞こえるのだ。

なんだか怖くなってきた。

踵《きびす》を返して、母屋に戻ろうとすると、名前を呼ぶ声が一段と大きくなった。

立ち止まって、懐中電灯で、その声がした方向を照らしてみた。

そこに塀があった。それはとても古いもので、崩れている部分がある。

そこに、ひょいと、知らないおばさんが顔を出した。

(あっ、あのおばさんが呼んでるんだ)

そう思った瞬間、おばさんの顔が、塀の向こうに消えた。

Yさんは、いそいで塀の向こうに回り込んで、懐中電灯を照らしてみる。

するとそこに、お尻《しり》をこっちに向けた、大きな牛がいたのだ。

真っ暗闇の中にいる、一頭の牛。

牛の顔だけが、ひょいとYさんの方に振り向いた。

その顔が、さっきのおばさんだったのである。

驚いて、体が固まった。

すると「おっかちゃん、大事にしなよ」と言うと、そのまま牛は、ひょこひょこっと闇の中へ消えていったのである。

あまりの怖さに腰を抜かして、失禁したという。

その、ちょうど一年後、Yさんのお母さんは亡くなったのだ。

## 牛の首

Y子さんが尼崎《あまがさき》市で、夕方、男の友人と落ち合って、食事をした。

お酒も入って、ほろ酔い気分となった。

二人は、西宮《にしのみや》市に住んでいる。酔い覚ましに歩いて帰ろうということになった。

春先のこと。少し肌寒いが、酔い覚ましにはちょうどいい。

阪神《はんしん》尼崎駅から海側の道を取ろうとした。

ところが道に迷った。

「ここ、どこ？」

「どこやろ。とりあえず、方向はこっちでいいと思うよ」

夜の街中を、二人、しゃべりながら歩く。

アーケードが見えてきた。

「商店街があるね」

ふと、Y子さんは、横の空き地を見た。

隣の家の壁にホウロウの看板が張ってあって、池田屋《いけだや》刃物店、とあったのをちゃんと覚えているという。その空き地に、一頭の牛がつないであったのだ。

黒毛の立派な牛だ。

「こんなところで牛、飼ってるよ。珍しいね」と、二人はしばし見ていた。

アーケード街に入った。

もうそういう時間なのか、ほとんどのお店のシャッターが降りている。いや、もともとお店はやっていなくて、寂れた印象がある。

しばらく歩くと、なんだか明るい通りに出た。

ピンク色の街灯が道の両側に煌々《こうこう》と灯《とも》っていて、二階建ての古びた、しかし立派な木造の建物が、長屋のように並んでいる。二階は普通の家のようだが、一階部分は、ピンクのライトで照らされて、玄関の奥には、綺麗《きれい》にお化粧をした若い女の人が、ちょこんと座布団に座っている。

各々の玄関口には、おばさんが立っている。なんだか異様な雰囲気だ。

「なんか、ヘンなところに入っちゃったね」

今思うと、どうやら遊郭街に入ったらしい。が、まだ若かったY子さんはそういうことを知らない。

「なんか、レトロやね」

ところが、驚くことがあった。

「えっ、尼崎って、こんな風習があるの？」

玄関口に立っているおばさんの横に、台があって、その上に牛の首が置いてあったのだ。

それが切りたてのようで、血が滴っている。

ズラリとその道なりに、台が並んでいて、そこに必ず牛の首がある。

それぞれが血を滴らせ、その目は、こちらを向いている。

「なになに、ここ」

しばらく歩くが、その風景が終わらない。

しかも、奇妙なことに気がついた。

街は明るく、おばさんと女の子がこれだけ並んでいるのに、通りに二人以外に通行人が一人もいないのだ。

しかも、しゃべっているのは二人だけ。おばさんや女の子は、黙ってこっちを見ている。

なんだか怖い。

早くここから抜けよう。

早歩きとなって、ようやく牛の首が並んでいる遊郭街を抜けた。また、アーケードのある無人の商店街に入った。

だがそこを抜けると、もう普通の街並みとなり、すぐに阪神武庫川《むこがわ》駅が見えてきた。

ここからは、電車で帰った。

のちに調べて尼崎に、かんなみ、という遊郭街があることを知った。

だがそこは、まったく別の場所にあり、見た印象もまったく違う。道もあの長く続いたものではなく、その幅も狭い。

また、尼崎の友人たちに、牛の首のことを尋ねてみたが、そんな習わしも聞いたことがない、と言われた。

初　出

『怪談実話系 書き下ろし怪談文芸競作集』（2008年6月）
「信楽《しがらき》の鹿」「カラオケボックス」
（「怪談BAR」を加筆修正、改題）

『幽』vol.27（2017年6月）…「邪鬼の正体」「くだん」

『幽』vol.30（2018年12月）…「真っ白」「雷様」「掛け声」

そのほかの作品は書き下ろしです。

怪談《かいだん》狩《が》り　あの子《こ》はだあれ？
中山市朗《なかやまいちろう》

角川ホラー文庫　21776

令和元年8月25日　初版発行
令和6年11月25日　10版発行

発行者——山下直久
発　行——株式会社KADOKAWA
〒102-8177　東京都千代田区富士見2-13-3
電話 0570-002-301（ナビダイヤル）
印刷所——株式会社KADOKAWA
製本所——株式会社KADOKAWA
装幀者——田島照久



●お問い合わせ
https://www.kadokawa.co.jp/（「お問い合わせ」へお進みください）
※内容によっては、お答えできない場合があります。
※サポートは日本国内のみとさせていただきます。
※Japanese text only



ISBN978-4-04-108324-6　C0193

# 角川文庫発刊に際して

角川源義

第二次世界大戦の敗北は、軍事力の敗北であった以上に、私たちの若い文化力の敗退であった。私たちの文化が戦争に対して如何に無力であり、単なるあだ花に過ぎなかったかを、私たちは身を以て体験し痛感した。西洋近代文化の摂取にとって、明治以後八十年の歳月は決して短かすぎたとは言えない。にもかかわらず、近代文化の伝統を確立し、自由な批判と柔軟な良識に富む文化層として自らを形成することに私たちは失敗して来た。そしてこれは、各層への文化の普及滲透を任務とする出版人の責任でもあった。

一九四五年以来、私たちは再び振出しに戻り、第一歩から踏み出すことを余儀なくされた。これは大きな不幸ではあるが、反面、これまでの混沌・未熟・歪曲の中にあった我が国の文化に秩序と確たる基礎を齎らすためには絶好の機会でもある。角川書店は、このような祖国の文化的危機にあたり、微力をも顧みず再建の礎石たるべき抱負と決意とをもって出発したが、ここに創立以来の念願を果すべく角川文庫を発刊する。これまで刊行されたあらゆる全集叢書文庫類の長所と短所とを検討し、古今東西の不朽の典籍を、良心的編集のもとに、廉価に、そして書架にふさわしい美本として、多くのひとびとに提供しようとする。しかし私たちは徒らに百科全書的な知識のジレッタントを作ることを目的とせず、あくまで祖国の文化に秩序と再建への道を示し、この文庫を角川書店の栄ある事業として、今後永久に継続発展せしめ、学芸と教養との殿堂として大成せんことを期したい。多くの読書子の愛情ある忠言と支持とによって、この希望と抱負とを完遂せしめられんことを願う。

一九四九年五月三日